問題兒童都來自異世界？
YES! 這是箱庭的日常！
什麼？壓箱底特別版？
嗯，那麼就把我的珍藏黑兔保存集展示給你們瞧瞧好了。
……哦～？

這……這種姿勢
是不是可以呢？
不能輸。

你做什麼！十六夜同學！
這就是真正的浪漫嗎……看不到。

尾巴……
哎呀，可不是我的錯吧？

妳很大牌嘛，黑兔。
今天也因為對應問題兒童們所以好累～

一直以來實在非常感謝！
哦哦！這就是黑兔因為過於喜歡我，所以準備撲向我胸前的場景嗎！
才不是啦！

又找到了
一張珍藏相片！
YAFUFUuuu！
這真是讓人懷念。

問題兒童都來自異世界？

YES！這是箱庭的日常！

Tatsunokotarou
竜ノ湖太郎
illustration
天之有

Kadokawa Fantastic Novels

問題兒童都來自異世界？
contents
箱庭裡的日常某天
013
追尋黃金盤之謎
049
YES!
這是箱庭的日常！

蠟燭和
夾心甜蛋捲
和幽靈小鎮
129
斯廷
法利斯的
硬幣
171
異鄉人和
月兔的
茶會
159
後　記
226
教教我！
白夜叉老師！
～後台外傳～
211
都來自
異世界？

箱庭裡的日常某天

不同的時代。

相異的世界。

絕對不會產生交集的三名少年少女，和送到他們手上的奇妙不可思議信封。

裡面的信件寫著這樣的內容：

「在此告知擁有異才，充滿煩惱的少年少女們：

若真心冀望測試自身之恩賜才能，

望君捨棄家族、友人、財產，以及世界的一切，

前來我等之『箱庭』。」

下一剎那，三人的視野立刻唐突地擴展開來。

情況急轉直下，他們被拋向上空約四千公尺的位置。

在三人視線前方展開的地平線，是一片讓人聯想到世界盡頭的斷崖絕壁。

往下一望，映入眼簾的則是籠罩在巨大帷幕之下，簡直會讓人搞錯比例尺的未知都市。

在他們眼前展開的世界——是一個完美無缺的異世界。

＊

——時刻是正午，地點是箱庭二一〇五三八〇外門的外牆街道前。

連接都市內外，刻著老虎浮雕的石造大門前方。

在有著身揹大行李袋的行商，以及對自己實力似乎很有自信的巨漢們來來往往的喧擾中心，有個特徵是兔耳和煽情迷你裙配吊帶襪的少女正在大叫。

「傻瓜！大傻瓜！你們這些……超級大傻瓜！」

喊聲響遍了附近一帶。

這個倒豎著兔耳的少女，正是對從異世界被召喚來此的三名異鄉人——逆迴十六夜、久遠飛鳥、春日部耀等人發出前來箱庭世界之邀請函的罪魁禍首。

這樣的她正在痛斥三名異鄉人。

「各位出發之後才過了三十分鐘！人家還在奇怪怎麼這麼快就回來了……啊～真是的，為什麼會演變成這種結果呢……？」

黑兔抱著發疼的腦袋。在她面前，異鄉人三人組則擺出一副裝傻充楞的表情。

理由要回溯到至今約一小時前。

地點是箱庭都市內，以石材建造且整修完善的的裴利別德大道噴水廣場前。在高掛著「六傷」旗幟的露天咖啡座內占領一區的十六夜等人正因為黑兔的發言而懷疑起自己的耳朵。

「妳說恩賜遊戲……被全面禁止？這一帶全部嗎？」

「ＹＥＳ！這是有點緊急的事態！」

黑兔「唰！」地豎起兔耳回答。

所謂的「恩賜遊戲」，是箱庭中為了要得到「恩賜」、物品或財物等而舉辦的神魔之遊戲。由分成「主辦者」和「參賽者」的組織各自賭上獎品和籌碼，為求獲得金錢、土地、利權、名譽、人才……還有奇蹟之結晶「恩賜」而戰鬥。

然而現在這個恩賜遊戲似乎受到了全面禁止。

身穿立領學生制服，脖子上掛著耳機的少年逆迴十六夜以似乎頗不高興的態度向黑兔發問：

「這是怎麼回事？停止舉辦恩賜遊戲，就跟中止流通沒兩樣吧？就算還有使用金錢的交易，但主要的流通手段應該是恩賜遊戲的舉辦和參加才對。」

十六夜歪了歪頭。

身穿大紅色長禮服坐在他旁邊的少女久遠飛鳥則以緊張的表情接著說道：

「該不會是……有魔王出現？」

聽到飛鳥的發言，黑兔慌張地搖了搖頭。

接下來另一個坐在更旁邊的少女春日部耀摸著膝上的三毛貓，同時微微側了側腦袋。

「看街上並不是那種緊張的氣氛。與其說是在害怕，感覺更像是困擾？」

「是啊，總覺得人們好像慌慌張張地四處奔走。」

三毛貓也發出喵喵叫聲附和。在平常行人不多，總是顯得很平靜的的裴利別德大道噴水廣場上，現在到處都可以看到像是行商的人們在東奔西跑，而居民們則是表現出拚命想留住這些行商的模樣。以較常出現門可羅雀狀態的這個廣場來說，這是個罕見的光景。

「ＹＥＳ！雖然不是像魔王那麼嚴重的威脅，但毫無疑問形成了讓人困擾的事態。其實是乾旱似乎正從箱庭的南區朝著這個東區前進。」

「啥？」三人一起發出了疑問聲。

飛鳥和耀皺著眉頭向黑兔發問：

「……這是怎麼一回事？妳意思是乾旱長出手腳往這邊移動嗎？」

「ＹＥＳ！正確來說，原本似乎長著一隻手一隻腳……」

「那是什麼？好怪。」

飛鳥和耀愈發感到不解。

只有十六夜一個人變了臉色表示驚訝。

「一手一腳而且會移動過來的乾旱……旱魃？該不會是『魃』現身了吧？」

「ＹＥＳ！不愧是十六夜先生，果然聰明。正確來說，是在系譜上位列遙遠末端的怪鳥。聽說南區那邊好像因為持續不斷的日照而受到嚴重損害。」

「真是傷腦筋呢……」黑兔這樣喃喃說完後繼續解釋。

——所謂「魃」，是中國神話中會造成乾旱的神獸。傳說中擁有黃帝血緣的「魃」一出生就擁有能召來陽光，消去風雨的力量。

和魔王「蚩尤」決戰時，使用這份力量的「魃」因為沾染了汙穢而無法返回天上。

然而，畢竟也不能把光是活著就會引起乾旱的「魃」丟在地上不管，因此黃帝苦惱到最後，決定送來這個「箱庭世界」保護。

之後漫長歲月流逝，據說歷經世世代代仍舊冀望回到天上的「魃」之後裔就這樣逐漸轉變成怪鳥的模樣，在箱庭中四處徬徨。

聽完說明的十六夜以似乎很受不了的態度保持了一會兒沉默。

「……希臘神話的『Perseus』，佛教故事的『月兔』，接下來是中國神話的『魃』嗎？哈！不愧是諸神的箱庭，真的是什麼都有什麼都不奇怪。」

「對這種講法的回答是ＮＯ喔，十六夜先生。不管是『月兔』還是『Perseus』，都是因為在外界的功績獲得承認才會被邀入箱庭。所謂『恩賜』正如字面所示，是神佛賜予的恩惠！而『傳承』的存在，就代表具有『功績』！」

嗯！黑兔雙手用力握拳。

她也和「魃」的情況相同，是在帝釋天的引導下被召入箱庭的「月兔」後裔。

身為箱庭創始者之一的帝釋天之眷屬，他們這些「月兔」的後裔也被稱為「箱庭貴族」。

「……不過的確，其中也包括基於『魃』那樣的理由而被邀入箱庭的例子。牠是受到能召喚日光的力量拖累，無法隸屬於共同體的可憐幻獸。沾染汙穢後失去神格，神氣衰退，甚至連知性之類也沒有殘留下來。剩下的只有世世代代繼承的思鄉之心……」

黑兔的眼神突然飄向遠方。應該是覺得那份讓外型改變，甚至讓後代長出翅膀的思念卻走上這種結局，有些太過於得不到回報吧。

然而那是另一回事。自己這邊是連明天的食物都沒有著落的狀況，也不能光顧著同情。

黑兔的表情整個改變，換上開朗的態度。

「有點離題了！簡而言之，住在二一〇五三八〇外門的共同體正在為了對應即將到來的乾旱而非常忙碌！這對我等『No Name』來說，是增加儲備的大好機會！」

黑兔激動地用力揮動雙臂。

十六夜等三人也像是理解般地露出不懷好意的笑容。

「原來如此。我們擁有『水樹』這個豐沛的水源，雖然不知道其他共同體確實掌握了多少

水源……不過只根據這種慌亂反應來判斷的話，我並不認為他們有很多儲水。」

「是呀，那個水源只有我們的共同體使用實在太可惜了。利用這次機會，和其他共同體訂下契約並做為定期收入也是個不錯的做法。」

「嗯，那個氣派的寶物庫要是一直空空蕩蕩，看起來也很寂寞。」

十六夜呀哈哈大笑，飛鳥和耀也跟著發表意見。黑兔帶著苦笑點點頭。

「其實人家也不想使用這種下流的手段，而是想要正大光明地募集契約對象……不過我等『No Name』的身分是『名稱』和『旗幟』都被魔王奪走的組織，處於即使想要宣傳也辦不到的狀態。然而只要在乾旱期宣揚我們擁有水源，想必會出現有意願簽約的共同體！所以希望各位能去確認現在到底是什麼情勢，算是一種情報收集行動吧。」

黑兔說完，十六夜等三人也點頭表示承諾。

「也罷，畢竟目前是不會舉辦遊戲的狀況，正好可以用來殺殺時間。」

「既然是要收集幻獸的情報，應該算是春日部同學的擅長範疇吧？加油！」

「嗯。我確認一下，那是只有一隻手一隻腳的巨大怪鳥……沒錯吧？」

「ＹＥＳ♪雖然實際體型大小會有個體上的差距，但人家想，針對『左右腳尺寸不同的怪鳥』這特徵去搜尋應該比較容易找到。還有據說『魃』隨時都會散發出高溫，因此去尋找空氣不自然受熱扭曲的地方應該也不錯……不過，請各位務必要小心。萬一感到有危險，直接回來也沒關係。」

在以顧慮態度為他們擔心的黑兔目送下，三名異鄉人前往都市外側。
如此這般，三人啟程去確認據說潛藏在附近的神獸「魃」的狀態。
而他們離開箱庭都市後，過了三十分鐘。

——來到現在。
三名異鄉人被迫在刻有老虎浮雕的外門石柱前端正跪坐著。
周遭甚至出現了數量多到不自然的圍觀人群。
三人和黑兔成為眾人環視的對象。但是大概已經氣到不把他人眼光放在眼裡吧？長髮和兔耳轉變成淡淡緋紅色的黑兔帶著怒意對三人大吼：
「聽……聽好了！人家之前是說為了對應乾旱，要拜託各位去收集『魃』的情報！而所謂的情報是指築巢的場所、或是體型大小之類！結果為什麼！為什麼…………！到底是哪個人說過要你們去把『魃』打倒啊！」

「「「一時衝動就動手了，現在正在反省。」」」

「給我住口！」
啪啪啪！
黑兔對著以幾乎是慣用回答的藉口來回應的三人用力揮下紙扇。
沒錯，這就是問題。眾人與其說是在看四人，倒不如說是是在圍觀他們打來的獵物。
就在跪著的他們旁邊，綁著一隻全長恐怕有二十尺的巨大怪鳥。
兩腳大小不一致是因為原本只各有一隻的手腳進化之後留下的痕跡吧？即使失去意識，累積著大量熱量的「魃」身上依然蒸騰冒出扭曲的空氣。
——會喚來日照的神獸「魃」。縱然遭受汙穢後歷經許多世代並失去神氣，卻也不是人類可以輕易取勝的對手。
然而他們三人卻不同。他們幾個異鄉人在人類之中，也是特例中的特例。
黑兔在拜託他們三人進行這次任務時，忘記了最重要的事情。
由她自己召喚來此的三名異邦人——是世界首屈一指的最強問題兒童集團。

＊

唉～～～～～～～～～～……

黑兔嘆了口很長很長實在很長的氣，全身都沒了力氣。

「嗚嗚……真憂鬱。本來還以為這下總算可以跨出重建共同體的重大一步……為什麼要出手打倒牠呢……？」

「諸行無常。」

「弱肉強食。」

「世道人心。」

「夠了！如果要講藉口請至少先統整成同一個！」

黑兔倒豎著兔耳大發雷霆。然而三名問題兒童繼續看著完全不同的方向，頑固地不招出理由。

畢竟也不能把抓到的「魆」丟著不管，於是四人動身前往應該能夠變賣的商店。

他們四人從噴水廣場穿過開著桃色花朵的林蔭道，渡過整修過的水道上搭建的橋樑，來到高掛著雙女神旗幟的共同體「Thousand Eyes」的商店。

負責扛起全長有二十尺的怪鳥並搬運到這裡的十六夜「砰！」地把怪鳥丟向店門口，對著負責顧店的女性店員咧嘴一笑。

「我……」

「請回去。」

「不，我要賣掉這個。」

「不要囉哩囉嗦。敝店謝絕『無名』，這件事到底要我說幾次才能聽懂呢！」

女性店員齜牙咧嘴地高舉起竹掃把表示威嚇，一行人無可奈何地聳了聳肩。

然而可不能光因為被拒於門外這種程度的反應就乾脆放棄。對於必須照顧多達一百二十人的兒童，連明天的食物都還沒有著落的共同體來說，獵物能否變賣可是攸關生死的問題。

黑兔私底下又嘆了一口氣，接著讓陰暗的表情一百八十度大轉變並露出笑容。

「哼哼～我們回去真的沒問題嗎？之後就算被店裡的前輩斥責也不關我們的事情喔？」

「哼！還以為妳會說什麼，結果只是因為被拒於門外所以耍耍嘴皮子嗎？」

「的確，人家很清楚會被拒於門外！不過請看看我們帶來的這隻怪鳥！既然是天下聞名的超一流商業共同體『Thousand Eyes』，應該可以一眼就看出這隻怪鳥的價值吧？」

黑兔別有含意的笑容讓女性店員不高興地換了個表情。她把視線朝向之前根本連看都不看的「魃」，接下來跨著大步走近，拔起一根羽毛搧了一下。

大小和人類頭部差不多的羽毛造成一股暖風，從四人身邊吹過。

下一瞬間，女性店員的臉色變了。

「……這是『魃』的後裔？不，怎麼可能。最下層的共同體怎麼會有這種力量……」

「不不，請您要更相信自己鑑定的眼光♪這隻巨大的怪鳥正是街頭巷尾流傳的乾旱原因！會喚來日照的神獸『魃』！」

哼哼～黑兔挺起胸膛伸直兔耳。

「能夠發出恆久熱能的『魃』只要好好管教，就會成為共同體生活能源的貴重資源，這可是有名的說法！在這個下層，必須靠柴薪來取暖的新興共同體多不勝數！應該有很多即使必須付出高額代價也想要這怪鳥的組織吧？」

「……也是呢。不過，這隻『魃』真的是你們抓到的嗎？」

女性店員以半信半疑的眼光看向十六夜等人。

推測出黑兔意圖的十六夜以狂妄笑容點點頭。

「沒什麼，這不是什麼大不了的事情。因為其他共同體對於今後要面對的乾旱也表現出很頭痛的反應，所以我們只不過是想要由自己出面去除掉這個頭痛的根源而已。」

「哦……以一個『無名』共同體來說真是個讓人敬佩的想法。要是就這樣直接置之不理，說不定會有哪個共同體以恩賜遊戲的名義來懸賞獎金呢。」

「這就叫作萬不可讓世道人心日漸澆薄。看到遇上困難的人，就會想出手幫忙嘛。」

十六夜呀哈哈地發出可疑笑聲，女性店員則依舊對他投以懷疑的視線。

然而真偽先姑且不論，如此一來就不需要擔心該如何對應乾旱。

對於「Thousand Eyes」來說，這也是有利的情況吧。

女性店員以迫不得已的態度嘆了口氣，鑽進店門口的簾子。

「算了，既然是這樣就承認是特例吧。因為守護下層秩序原本是店長的職責，只要說你們是代替她執行，應該就不會有任何人提出異議。」

「不好意思啊，給妳添了麻煩。」

「真的是……那麼請在這裡稍等一下，我去請店裡的鑑定師出來。」

女性店員把竹掃把放到旁邊後回到了店內。

黑兔像是總算寬心般地放鬆肩膀，回頭望向三名問題兒童。

「十六夜先生，剛剛的助攻很棒。」

「反正我也沒有說謊。對吧，大小姐？」

「是嗎？我覺得有一部分算是謊言，春日部同學覺得如何？」

「嗯～……可是，有一部分是真相吧？」

的確是……問題兒童們望向彼此強忍住苦笑。

＊

四個人回來時，根據地外觀已經染上晚霞的色彩。

問題兒童們前往居住的本館，而黑兔則是為了確認「Thousand Eyes」的訂購單和食物的庫存，前往領導人仁·拉塞爾所在的地方。

趕來本館大廳迎接他們的人是年長組之一，以狐耳和日式圍裙為特徵的少女。

笑容滿面的狐狸少女對著十六夜等人鞠躬。

「歡迎各位回來，十六夜大人，耀大人……咦？飛鳥大人呢？」

看到狐狸少女東張西望，十六夜和耀聳著肩膀說明：

「她先去浴室了，說想要把汗水洗掉。」

「因為『魃』就在附近所以一直很悶熱。不過『Thousand Eyes』願意收購實在太好了。」

「收購……？啊，原來是那樣嗎！各位真的是辛苦了！」

唰！狐耳很有精神地豎了起來，很明顯這是期待十六夜等人成果的舉動。然而或許是覺得這樣的自己很現實吧，狐狸少女立刻紅著臉把狐耳倒下。

這些忽喜忽憂不斷變化的反應讓十六夜和耀看著彼此露出苦笑。

「放心吧。這次打到了個挺大的獵物，暫時不會發生沒飯吃的狀況。」

「也向『Thousand Eyes』訂購了很多食物材料，明天早上會送來。要麻煩妳負責收貨和進行保存管理。」

「啊……是！我了解了！那麼，兩位有什麼預定呢？如果想要用餐，我現在馬上就可以去準備。」

「不，我等大小姐洗完澡之後再吃吧。春日部呢？」

「我……唔……」

耀吞吞吐吐地沒把話講完。

她目不轉睛地盯著廚房，接著微微側著腦袋發問：

「有個讓人懷念的味道，剛剛該不會是在去除竹筍的苦澀味？」

咦？耀的發言讓狐狸少女全身僵硬。

「呃……是……是的，因為之前聽到耀大人喃喃說過『很懷念日本料理』……所以我們準備了各式各樣的食物想當成驚喜。」

「咦？」

這次換成心想「糟了！」的耀尷尬地把臉轉向旁邊。

由於耀的嗅覺遠比常人優秀，才會一不小心就察覺到廚房裡的情況。

她擁有的恩賜「生命目錄」讓她能夠和狗、貓、海豚、蝙蝠等動物交談，心靈相通後還能夠獲得動物們的能力。其中甚至還可以讓獅鷲獸那類被稱為幻獸的對象也分給她力量。

然而現在這點似乎完全幫了倒忙，讓彼此都真的很尷尬。

十六夜無奈地聳聳肩伸出援手。

「那，最重要的菜色是？」

「啊……是！因為拿到很棒的嫩雞、竹筍和野生山菜，所以預定要一起炸成天婦羅。竹筍才剛採收，不需多費功夫就能夠去除苦澀味，筍的鮮甜也呈現得很好。以那種水準，我想炸成天婦羅後只撒點鹽巴做為調味，應該可以更襯托出甜度和春天的氣息，也會更好吃……啊，另外還要把後面小菜園裡栽種的油菜花做成湯──」

「抱歉，十六夜。我要先吃。」

「別在意，我也要先開動……話說回來，那些竹筍還有剩嗎？如果還有，我還想提出竹筍飯這個希望。」

「啊，這是很棒的提案，能麻煩你們嗎？」

「是……是的！我會立刻準備！」

兩人這明顯的反應讓狐狸少女不由得放鬆表情感到喜悅。

她唰唰甩動兩根尾巴，開心地前去準備晚餐。

＊

另一方面，黑兔在設置於別館的辦公室裡重重嘆了一口氣。至於身為辦公室主人的仁則是在看過訂單後，離開這裡去確認庫存的狀況。

等待仁回來的黑兔似乎很失落地坐在椅子上垂著肩膀低下頭。

即使賣掉「魃」之後讓資金方面有了些餘裕，然而他們的共同體「No Name」中有多達一百二十人的年幼少年少女。既然要扶養他們，能成為共同體定期收入來源的事物果然還是不可或缺。

旁邊身穿女僕服的少女開口安慰因為錯過貴重機會而意志消沉的黑兔。

「別這樣嘔氣，利用水源的方法並不是只有販賣。」

「話是那樣說沒錯……那麼蕾蒂西亞大人您是否有什麼好點子呢？」

黑兔抬起頭開口發問。

因為這動作，蕾蒂西亞那看起來簡直像是金絲的柔順美麗金髮掃過了黑兔的鼻尖。

外表約十二三歲的她身上穿著的這件女僕服使用清純又可愛的花邊來裝飾，甚至讓人覺得不像是僕人用的衣物。做為以處理雜務為主要工作的女僕用服裝，即使標準放再寬也不能說是講求機能性吧。

然而穿在她身上卻是特別適合。

蕾蒂西亞擁有和嬌小年幼的身高不相稱的柔亮金髮和溫柔美貌。即使是這種乍看之下顯得搭配錯誤的女僕服，她也能穿出完美風範。隨時準備與其注重機能性更要忠於主人要求的服裝，這種行動表露出蕾蒂西亞那極為認真的個性。

面對黑兔的發問，這樣的她微微歪著頭露出惡作劇般的笑容。

「這個嘛，現在的我只不過是僕人之一。要我對身為共同體參謀，還被頌揚為『箱庭貴族』的黑兔提出意見，實在是萬萬不敢……」

「嗚嗚……請不要說那種話，把您的智慧借給人家吧。」

聽到黑兔講出這種沒出息的發言，蕾蒂西亞無奈地聳了聳肩。

「嗯……想讓共同體增加實力的必要條件，是『該如何去積攢儲備』，這點妳懂吧？」

「ＹＥＳ，然而現在我們的共同體並沒有餘裕去增加儲備……」

「沒錯，雖然主子們為我們做了很多，但是如果繼續保持目前的狀況，只會單方面地消費而無法增加儲備——那麼，原因是什麼呢？是因為共同體無謂負擔了一百二十名不具備生產力的成員，對吧？」

黑兔的表情瞬間僵住。

這是她本身心知肚明，但是卻一直不去面對的事實。

然而蕾蒂西亞卻不為所動地以冷靜表情繼續開口：

「我剛剛也說過，主子們真的為我們做了很多。自從他們被召喚到箱庭之後，參加恩賜遊戲是連戰連勝，然而共同體的生活卻絲毫沒有好轉的跡象。這是為什麼？因為組織有負債。目前這個共同體裡最大的負債……就是孩子們，別無其他。我有說錯嗎？」

「…………」

黑兔收起表情，直直望向蕾蒂西亞的雙眼。為了知道她的意圖，黑兔探查著那對鮮紅眼眸的深處。

萬一蕾蒂西亞是在暗示該減少負債……黑兔斷然無法認同。

——一般來說，在共同體中生活的人才可以區分成兩種。

第一種是本身參加恩賜遊戲，並透過取得「水樹」等恩賜或金錢來支撐共同體的人才。也就是十六夜他們那樣的遊戲參賽者。

第二種是為了讓參加恩賜遊戲的成員能以萬全狀態出賽，每天負責在衣食住等方面提供支援的人們。例如共同體裡的孩子們就得負責照顧十六夜等人的飲食、打掃等私生活，並藉此一起共享恩惠。

然而「No Name」這個共同體在人才方面的均衡性可說是嚴重不安定。前者僅僅只有三人，相對之下後者卻是一百二十人以上。如果考慮到十六夜等人白天都會外出參加遊戲的現狀，其實孩子們的工作真的只有準備餐點和洗衣之類，別無其他。

「…………嗚……」

一百二十名孩子是共同體的負債。黑兔無法反駁蕾蒂西亞，只能別開視線垂下頭。這是她本身也一直有察覺到的狀況。即使是今天的收穫「魃」，原本也該是十六夜等人獨占的成果，所以由他們幾個來均分變賣後獲得的金錢和物資才是合乎道理的做法。就算事態沒有按照計畫進行，黑兔本身也沒有立場抱怨。

即使如此，他們還是毫無異議地把成果捐贈給共同體——這完全是出自於好意，再無其他。

黑兔因為內疚，露出比先前更沉重憂鬱的表情垂下兔耳。

蕾蒂西亞看了她這模樣一眼，也嘆了口氣抬頭望向上方。

「必須想出辦法讓這些負債成為共同體的有利因素。如果能辦到這一點，我們的共同體也能往前邁進……孩子們也強烈如此希望。」

「咦？」

黑兔詫異地抬起頭來。

蕾蒂西亞露出溫柔笑容，把視線投往黑兔身上。

「這是今天中午發生的事情。在烹調工作告一段落之後，年長組們來找我商量。

『——自從十六夜大人和飛鳥大人們加入共同體之後，就變得每天都可以吃飽。而且水源也很豐富，再也沒有必要提著水桶去遙遠的河邊汲水……可是，我們卻沒有完全盡到在共同體內應負的責任，請問有沒有什麼好方法呢——？』

就是這樣。那些孩子本身也對自己安於現狀的事實有著自覺吧，一個個都露出似乎相當苦惱也很嚴肅的表情。」

「是……是這樣嗎……」

黑兔眨著眼睛很是吃驚。

在十六夜等人來了之後每天都過著雞飛狗跳的日子，大概是因為這樣，黑兔沒能抽出時間和孩子們好好談過。她根本沒有想到，孩子們居然和自己一樣抱著內疚感。

看到這種反應，蕾蒂西亞露出略帶無奈的笑容。

「的確，如果能夠賣水，會成為共同體的定期收入來源，然而應該還有其他更有效的利用方法。雖然他們還年幼，但共同體裡有一百二十名同志。必須活用包括人手在內的資源並摸索出最佳答案，這就是妳的工作。沒錯吧，黑兔？」

蕾蒂西亞的這番建議，讓黑兔受到當頭棒喝般的衝擊。

「應用水源和孩子們……給予雜務以外，具備生產性的工作……」

對於在這三年間，一直隻身支撐著共同體至今的黑兔來說，這是她根本想像不到的提案。因為在黑兔的心中，孩子們並不是一起維持共同體的同志，僅僅只是應該保護的對象。然而在魔王來襲後已經過了三年，年長組們也成長到十歲。

為了撐持這個共同體——或許和他們一起同心協力的日子已經到了。

黑兔「唰！」地豎起原本下垂的兔耳，對蕾蒂西亞表達謝意。

「實在非常感謝！多虧您的建議，人家看到了未來的光明！」

「是嗎？那太好了。」

「是♪……還有也非常抱歉，人家實在太依賴大家了。就算十六夜先生幾位打倒『魃』導致計畫泡湯，但他們把成果捐贈給共同體的事實依然沒有改變，所以人家對他們做出了極為失禮的行為……」

「是啊，即使交情再好也該注意禮儀，妳要記得晚點再找機會去道個歉……話說回來，為什麼主子們要打倒『魃』呢？我覺得毫無理由就行使力量的行為並不符合他們的作風。」

「唔？」兩人歪著頭看向對方。

就在這個時候，走廊傳來慌亂的腳步聲。

「砰！」地一聲，房門被仁用力推開。

「黑……黑兔！不好了！妳快點過來！」

「仁……仁少爺？發生什麼事了？」

穿著寬鬆長袍的年幼領導人，仁・拉塞爾一邊喘氣一邊拉起黑兔的手。

「我們沒辦法應對！總之快跟我來！然後幫忙翻譯！」

「您……您是說翻譯嗎？」

黑兔更是一頭霧水。

於是黑兔就在混亂狀態中被仁拉著跑下樓梯。

來到別館入口看到客人的身影後，黑兔總算明白剛才對話的意思。

「啊……您是……上次見過的獨角獸大人吧？」

「是，好久不見，『月兔』。」

沒錯。拜訪「No Name」根據地的客人，就是黑兔以前去追趕十六夜時曾經遇到的幻獸。

對方有著散發出光澤的藍白色軀體和額頭上的獨角，是通稱「獨角獸」的馬。

「這實在太讓人驚訝了……！沒想到獨角獸居然會前來東區……而且是人類居住的地方！連離開南區的行動本身就已經很罕見了……這裡是別館所以無法招待您，但本館有用來接待幻獸的貴賓室！如果方便的話請移駕到……」

「不，請不用這麼客氣，因為我只是過來送上謝禮而已……不好意思，能麻煩你幫忙拿下我背上的包裹嗎？」

獨角獸用鼻尖指向自己的背部。在使用類似馬鞍的形式掛在馬背上的袋子裡，只放著一件物品。仁解開繩索謹慎地把包裹拿下並打開袋子。

下一瞬間，黑兔和仁的臉上都充滿驚愕的神色。

「這該不會是……獨角獸的角吧！」

「是的，我希望能把這個贈送給你們。」

「不不！我們不能收下這麼貴重的東西！而且獨角獸居然主動把同伴的角送人……人家可從來沒有聽說過這種事情！」

黑兔驚慌失措地把角又塞回獨角獸面前，由此可見這是多麼異常的狀況。

——獨角獸的角被視為具備治癒和淨化的加護，這是極為有名的傳承。然而在這個箱庭世界裡，也留下了人們為了取得這個角而濫殺獨角獸的紀錄。

獨角獸拜訪人類住處的狀況之所以讓人吃驚，就是因為背後有這些前因後果。

更不用說這樣的獨角獸居然要把相當於同伴遺骨的角贈送給他人，這可是前所未聞的事情。

「各位會感到訝異是正常的反應，但是你們的同志做了一件足以讓我等以角當作謝禮的行動。今天，他們不但拯救了我的性命——而且還打倒了一族的仇敵，魔獸『魃』！如此一來過去喪命的同伴肯定也能放下遺憾安心往生！所以請讓我代表受乾旱所苦的南區居民，在此表達謝意……！」

獨角獸用帶有熱誠，彷彿極為感動的聲音來回應。

然而黑兔驚訝的程度卻遠在這之上。

「難道……十六夜先生他們打倒『魃』的原因，是為了救您嗎……？」

「沒錯。哎呀，原來有這麼了不起的人類，讓我也忍不住感到熱血沸騰。即使因為沾染汙穢而失去了神格，但那傢伙畢竟是神獸的後裔——結果卻只用了一擊！僅僅一擊就把『魃』打倒在地！不愧是『月兔』的同志，那真是讓人感到痛快的一擊！」

獨角獸雖然興奮到呼吸急促，但還是說明了詳細的情況。

——引起眾人討論的「魃」在之前似乎把箱庭南區做為居所。

結果，據說造成南區長時間持續受到日曬，甚至因為水源不足等理由而受到了動植物生態系發生嚴重混亂的損害。尤其是對於棲息於清澈水邊的獨角獸一族來說，這是攸關生死的問題。牠們的棲身處不斷消失，遭到失去半數同伴的毀滅性損害。

雖然獨角獸是勇敢又好戰的種族，然而面對能在天空飛翔的對手實在處於下風。挺身挑戰的同族似乎全部反而慘遭毒手。

就在牠們覺得一族或許會全滅時，路過的術師將「魃」趕出南區，獨角獸們才因此逃過種族滅亡的危機。

「聽說在東區的二一〇五三八〇外門附近有水神之眷屬，為了獲得恩賜，我才會長途跋涉來到這裡。畢竟棲息於托力突尼斯大瀑布附近的蛇神相當有名。」

「原……原來如此，所以您那時才會在那裡嗎？」

「嗯。不過，蛇神的遊戲卻被你們搶先一步達成。不過明白情況後，蛇神另外介紹了由水精群舉辦的遊戲。多虧這樣，我才能成功獲得恩賜犒賞。」

「那實在是太好了。」

黑兔摸著胸口鬆了一口氣。

然而，這時獨角獸卻壓低了語調。

「不過，在踏上回程的途中——我發現了一族的仇敵。由於我事先完全不知道牠被流放到東區，因此當時只能說是氣到昏頭的衝動狀況。畢竟我等獨角獸天性熱情，一旦起爆就無法停止。」

「…………」

雖然語氣像是在說笑，但黑兔卻非常理解牠的心情。

如果是自己和仇敵魔王偶然狹路相逢……一定會像牠這樣和對方開戰吧。

「哎呀……說起來實在丟臉。我連稍微報仇都無法辦到，等回神時，才發現自己已經開始後退，因為無論如何我都必須把水精賜予的恩賜帶回去。然而等我冷靜下來時已經晚了一步，就在身體即將被那傢伙的爪子撕裂時——妳的同志在千鈞一髮之際拯救了我……！」

據說那正是在剎那之間發生的事情。

越過山丘，穿過森林，不小心來到通道上的獨角獸已經無處可逃。當「魃」從上空急速下降，打算用巨大鉤爪襲擊牠的那瞬間——

久遠飛鳥對「魃」大聲叫道：

「給我停下來！」

不需要下一句話，「魃」的動作隨即被封鎖。

接下來春日部耀沒有錯過這個機會，立刻操縱旋風把十六夜帶往上空。

「十六夜，交給你了。」

「交給我了！」

十六夜一邊「呀哈哈哈！」大笑，同時在空中翻轉身體，以迴旋踢將「魃」一腳踹往地面。

「哎呀……實在是太厲害了。雖然那時候我不得不逃離現場，但從沒碰過那麼痛快的情況，有種內心的鬱悶總算消散的感覺。真的……真的非常感謝你們。」

獨角獸深深低下頭。

聽到發愣的黑兔不知為何也彎下腰鞠躬回禮。

「這根角的主人是為了共同體挺身挑戰『魃』而不幸喪命的同志，是帶著準備在恩賜遊戲中失敗時可以用來交涉的東西……我想如果是交給你們應該沒有問題吧，請你們務必要收下我們這份禮物。」

「……人家了解情況了，人家會負責把這根角轉交給十六夜先生他們。回程的路上也請多小心。」

獨角獸把同志的角交給黑兔他們之後就轉身離開。

不過，牠又像是突然想到什麼般地只回過頭。

「噢，對了。有件事情想要請教一下。」

「什麼事呢？」

「據說你們揚起『打倒魔王』的旗號在活動著，這傳言是真的嗎？」

黑兔一瞬間倒吸了口氣。

她觀察了一下仁的表情，才挺起胸膛回答：

「——ＹＥＳ！不只魔王本身，還有與魔王相關的麻煩事我們也會接受委託喔♪」

「哦……原來如此，實在可靠！或許你們只是『無名』共同體，但我會用這份志氣代替名號牢記在心中。如果方便的話，也請來參加兩個月後將在南區舉辦的收穫祭上的恩賜遊戲。雖然獨角獸一族還在復興中所以無法參加，不過共同體『一角』必定會歡迎你們吧！」

說完這些之後，獨角獸發出一聲嘹亮嘶鳴，接著離開了「No Name」的根據地。

＊

和仁一起回到辦公室後，黑兔向蕾蒂西亞展示獨角獸的角，並解釋前因後果。蕾蒂西亞以

感到珍奇的眼神望著這根全長約有一公尺的漂亮獸角，似乎很佩服地點了點頭。

「原來如此……嘻嘻，真像是主子們的作風。也許是因為覺得不好意思所以才沒有說明理由吧？或者是因為獨角獸逃走了所以覺得很難當作藉口。」

「可是可是！如果他們有好好解釋，人家也會接受呀。」

黑兔微微鼓起臉頰嘟起嘴。

然而她並非真心這樣想。黑兔一邊擦著獨角獸角，同時回想著十六夜等人至今的行動。

「仔細想想，雖然十六夜先生他們的確是問題兒童……但做過的惡作劇全都是可以一笑置之的事情。所以這次很明顯不符合他們的風格，人家也應該在一開始就察覺出背後必定另有什麼隱情……」

「是啊。主子們雖會找各式各樣的藉口，但還算是相當誠實……不過我不否認他們有時候會太得意忘形啦。」

兩人對著彼此嘻嘻笑了。

「話說回來，剛剛那位獨角獸大人提供了一個情報。聽說兩個月後南區會舉辦收穫祭以及恩賜遊戲。」

「哦……南區的收穫祭嗎？呵呵，真讓人懷念。」

「蕾蒂西亞大人曾經參加過嗎？」

「是啊，我還記得收穫祭上會聚集許許多多的種族和共同體，場面頗為熱鬧。」

蕾蒂西亞的眼神飄向遠方，她大概是在回想過去和同伴們一起參加時的情景吧。
聽到這評價的黑兔帶著半是期待半是遺憾的心情嘆了口氣。
「是這樣嗎……雖然對方希望我們務必要前去參加，但沒有旅費所以很難實現。就算要以一般的方法過去，距離又非～～～常遙遠。」
「呵呵，是啊。不過南區的收穫祭很有趣喔，知名土地神和精靈們所隸屬的共同體會把自己培育的作物帶到收穫祭——」
發言在這裡不自然地中斷，兩人都猛吸一口氣。
「共同體的收穫……對了，我們的農園區目前是什麼情況，黑兔？」
「因為三年前的魔王來襲所以土壤本身是亂七八糟，不過土地還存在！如果能在這場收穫祭上邀請到有名的土地神，說不定就能讓土壤復甦！」
只要農園能夠復活，孩子們就能負責工作，豐富的水源也能取得新的用途。若是可以在共同體內確實建立起生活的循環體制，想增加儲備的想法也有可能實現。
然而這時黑兔卻想起自己先前的發言，瞬時垂頭喪氣。
「啊……不過，旅費……」
「縮減伙食費吧。」
突然響起不是黑兔也不是蕾蒂西亞的聲音，原來是剛才忙著確認訂單和庫存文件的仁。
即使不清楚完整的狀況，但他大概已經理解兩人這番對話的意義。

仁放下文件，來回看過兩人面孔後舉出提案：

「既然沒有旅費，就縮減我們的伙食費吧。用十六夜先生他們的平均收入來計算，只要一天的伙食費減少三成，兩個月後就可以籌措出六個人的旅費……啊，不過這樣可能還很吃緊，必須減少四成才能確實達成。要隨時優先對應十六夜先生他們的伙食，並重新檢討庫存。」

「可……可是四成差不多是一半了耶？」

「呵呵，有什麼關係呢？以提案來說這算是很優秀的點子。」

黑兔表示擔心，但蕾蒂西亞投下贊成票。

仁用力點頭回應：

「嗯，我會向大家說明狀況，而且大家早就習慣吃不飽了所以不成問題。畢竟只要忍耐短短兩個月根本是輕鬆的小事，因為十六夜先生他們……一定會為共同體贏得土地復甦之類的巨大成果。」

仁使勁握拳。

黑兔和蕾蒂西亞也看著彼此討論今後的計畫。

「那麼不只伙食費，在其它方面也要注意不能有無謂的開銷。蕾蒂西亞大人請以女僕的身分全面指揮年長組的孩子們。」

「明白了，還有，我想確認農園的狀態。下次陪我去看看吧，黑兔。」

「ＹＥＳ！了解！」

黑兔用力豎起大拇指並回應，她的聲音裡已經完全不帶有方才的憂鬱。

大概是因為建立了明確的方針，所以幹勁也特別旺盛。

「啊……不過，伙食費這件事還是瞞著十六夜先生他們吧。畢竟關於伙食費，他們一致表示『不要擔心這種無聊事，很煩人』。」

「到底是自尊太高還是溫柔呢……不過該退讓的事情倒是會乾脆退讓。既然會讓他們不高興，還是保持沉默吧。」

「嗯，要是惹他們生氣，感覺之後會很恐怖。」

三人露出苦笑。

就這樣，眾人開始祕密的儲蓄計畫，以對應南區即將舉辦的收穫祭。

為了達成「讓農園再生」這個大目標，年幼的領導人和不成熟的參謀還有女僕又再次下定決心，往「復興共同體」這終點繼續邁進。

*

——隔天早上。

黑兔和問題兒童們一起前往二一〇五三八〇外門，並對他們露出滿面的笑容。

「那麼各位！既然恩賜遊戲已經解除禁止狀態，今天也要精神飽滿地參加喔♪」

「要參加是沒問題啦，不過是個有趣的遊戲吧？」

「ＹＥＳ！前來行商的共同體『八百萬的大御神』的分隊據說要停止商業活動，改為舉辦遊戲！」

黑兔回答後，十六夜這次真的露出徹底傻眼的態度喃喃說道：

「……佛教故事、希臘神話、中國神話，接下來是日本神道嗎？比日本的年頭年尾還隨便。是說，明明是八百萬諸神卻自稱是大御神，這算是哪招啊喂喂？」

「哼哼！關於這點之後就會明白！總而言之『八百萬的大御神』是可以和『Thousand Eyes』相匹敵的超巨大共同體！可以期待的程度跟自家相比也是特大喔♪」

「是嗎，雖然是和自家相比但程度卻是特大嗎？」

「雖然不知道究竟是跟什麼比較才算是跟自家相比，不過聽起來似乎很厲害。」

雖然因為飛鳥和耀毫不留情的發言而有點喪氣地垂下肩膀，但黑兔仍然不受挫地伸直兔耳。

「好啦，那麼我們出發吧！恩賜遊戲是神魔之遊戲，想必會準備足以讓各位感到滿足的恩惠和奇蹟！」

黑兔一轉身讓裙子隨風飄揚，露出開朗的笑容。

——沒錯，這裡是諸神的箱庭。如果想要奇蹟，只要自己去贏得即可。

胸懷「復興被毀滅的共同體」和「打倒魔王」這兩個目標的他們，在今天也前去挑戰恩賜遊戲。

追尋
黃金盤
之謎

——「No Name」根據地，蓄水池前的休憩小屋。

春風般輕柔的微風吹起，從水樹的枝葉間穿過。

蓄水池通往雜木林的小道旁設置了一棟小屋，在裡面看書的久遠飛鳥恍惚地喃喃說道：

「……真是風和日麗。」

晴天、春風、流水聲。

是個最適合在外面讀書的絕佳天氣。

對於以前身為財閥千金而過著籠中鳥生活的飛鳥來說，這是她從未體驗過的奢侈行為。

然而或許是因為不習慣這樣的奢侈，眼瞼不聽話地越變越重。

「……反正這裡是偏僻的小屋。也沒有任何人在看，小睡一下應該沒問題吧？」

她闔上書本，優雅地折起裙襬把身子往後靠在牆壁上。

飛鳥細細品嚐著溫暖陽光和悠閒幸福，決定要享受一場午覺。

*

——一小時後。

春日部耀雙手抱著蘋果，往蓄水池的方向徒步前進。

大概是想在獨立的小屋裡吃點心吧。

雖然她平常缺乏表情，但今天即使是旁人也能看出她心情非常好。

「……咦？有先到的客人？」

耀停下急急往前的腳步，微微歪了歪頭。她在獨立的小屋裡看到兩個人影。

一個是以大紅色長禮服和長長直髮為特徵的少女，毫無疑問正是久遠飛鳥。她經常在這個獨立小屋裡度過假日的行動並不是特別稀奇的狀況。

問題是另一個人影。

那個戴著耳機身穿立領學生制服，一隻手上還拿著厚重專門書籍的人是——

「十六夜？你在做什麼？」

「看就知道吧……這是膝枕。」

十六夜以得意的表情如此宣告。他正待在有舒服陽光照進來的小屋簷廊上，把大腿借給飛鳥當枕頭並一邊看書。

耀又輕輕側了側腦袋，再度開口發問：

「……是飛鳥拜託你？」

「怎麼可能。我原本想去看看農園的情況，卻在路過這裡時看到大小姐破綻百出地睡著幸福午覺，所以起了想稍微戲弄她一下的念頭。」

「戲弄？」

「嗯——妳想想看，要是大小姐在這種狀況下醒來，絕對會面紅耳赤手忙腳亂。我想看著那樣的大小姐好好賊笑一番。」

原來如此！耀理解般地拍了拍手。

「我也想看看。」

「是吧？」

「嗯。所以，我也要打擾。」

這樣說完的耀來到十六夜身旁坐下，把頭靠到另一邊的腿上。

就連十六夜也忍不仕頻頻眨眼像是吃了一驚。

「……春日部？」

「很湊巧，十六夜有兩隻腳，而且今天是最適合睡午覺的絕佳日子……基於以上，等飛鳥起來後再叫醒我。」

「呼啊～」耀打了個哈欠後，就直接進入午睡姿勢，這樣看起來簡直像是隻大型貓。被獅子或豹親近大概就是這種感覺吧？十六夜苦笑了一下再度開始看書。

*

——之後又過了一小時。

「……兩個人一直都沒醒。」

已經看完手上書本的十六夜對於在自己腿上呼呼大睡的兩個人感到頗不以為然，他大概沒料到她們居然會睡這麼久都不起來吧。

閒閒沒事做的十六夜也受到睡意的和緩攻擊。

「晴天、春風、流水聲，講起來的確是適合午睡的好日子。」

可是既然都已經做到這地步，要是還錯過飛鳥驚慌失措的模樣，會讓人感到很不甘心。當「乾脆動手打醒她們」這種不像十六夜平常風格的想法閃過他腦中時……

從通往本館的小路上傳來吵鬧的聲音。

「發……發生大事件了！發生大事件了～！」

黑兔甩著兔耳從本館全速往這裡衝刺，來到蓄水池前的小屋後緊急煞車。發現十六夜等三人的她一蹦一跳地逼近十六夜。

「發生大事件了！發生大事件了！發生大……」

「吵什麼。」

咚！黑兔的額頭被丟出來的蘋果擊中。

興奮的黑兔即使額頭腫起泛紅，依然抓著蘋果繼續說個沒完。

「總……總之請看一下這個！街上在發送這種東西……」

「吵什麼。」

咚！黑兔的額頭再度受到蘋果的全力一擊。沒想到會連續兩次被丟中的黑兔這次終於往旁一倒仰躺在地。

因為這樣，有個黃金色的板子掉到十六夜手邊。

「……？這是什麼？」

十六夜拿起重量感十足的沉甸甸黃金盤，驚訝地瞪大眼睛。

「這金塊是怎麼回事？根據重量感覺像是真貨。」

「的……的確是真貨……還有，人家的額頭好痛……」

雙手各拿著一顆蘋果的黑兔含著淚水抗議。

這時她終於注意到飛鳥和耀。

「……唔唔？請問這個……是……是什麼情形？」

「兔子不必想太複雜的事情。然後呢，這個黃金盤到底是什麼？」

十六夜敲敲黃金盤，向黑兔發問。

像是早就在等著這個問題，黑兔挺起胸膛回答：

「這問題問得很好！這個黃金盤是為了賜予鍊金術的奧祕神髓而舉辦的恩賜遊戲——

『Raimundus Lullus』的『契約文件』喔！」

「啥？」十六夜發出半信半疑的聲音。

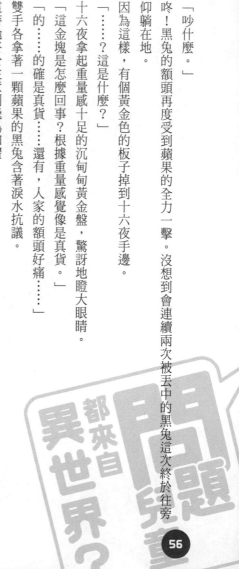

「妳說的『Raimundus Lullus』，是那個嗎？哲學家雷姆杜斯·盧路斯？」

「沒錯！就是那位使用可以讓鉛轉變成黃金的鍊金術，並提倡解析世界真理的盧路斯之學問——『Ars Magna』的人物！所以說這次舉辦的是為了到達其真理的恩賜遊戲！」

「呀呼～♪」左右晃著兔耳的黑兔興奮得大吵大鬧。

如果真的能夠獲得製造黃金的恩惠，以後就再也不需要費心籌錢，所以這次應該是一個能讓共同體的儲備瞬間增加的機會吧。

依舊半信半疑的十六夜以冷靜沉著的眼神看向黃金盤——「Raimundus Lullus」這場遊戲的內容。

「— 恩賜遊戲名：『Raimundus Lullus』 —

參加資格B：善之人。

敵對方：偉大之人。
持續之人。
擁有力量之人。

擁有智慧之人。
擁有意志之人。
擁有德行之人。

敗北條件：失去『契約文件』等同於剝奪資格。
勝利條件：結合所有的『盧路斯之圓盤』，獲得並非真理的榮譽。
遊戲補充：所有參加者完成準備後遊戲隨即開始。
　　　　　所有參加者都敗北時遊戲則結束。

宣誓：尊重上述內容，基於榮耀與旗幟，『Thousand Eyes』舉辦恩賜遊戲。

『Thousand Eyes』印」

「……喂，黑兔。」
「是的！什麼事呢？」
「這場遊戲的主辦者是『Thousand Eyes』耶，真的沒問題嗎？」

這下看起來更顯可疑。十六夜以充滿猜疑心的眼神再次確認「契約文件」。

然而黑兔卻保持著興奮狀態，晃著兔耳以期待的視線看向十六夜。

「那反而是提昇可信度的要素！這是那個『Thousand Eyes』準備萬全後才舉辦的遊戲！肯定是一場很大規模的遊戲，不會有錯！……而且……」

黑兔突然壓低音調。

她讓食指和兔耳都不斷轉圈，並靜靜地把視線移向廢墟街。

「也差不多……該整理一下廢墟街了。為了辦到這件事，需要相當多的資金。」

在黑兔的催促下，十六夜也把視線轉往廢墟街。

三年前——由於神祕魔王來襲，「No Name」受到毀滅性的打擊。

過去建構得整齊美麗的居住區道路上布滿砂石，木造建築物一間間腐壞崩毀。街上建築物使用的鋼筋和鐵絲等被鏽蝕而彎曲，行道樹枯萎成石碑般的淺白色後就這樣被棄置不管。

在那塊居住區中，還有包括年長組在內的孩子們的家。就算已經無法修繕，至少也想要為他們整理好土地，準備新的房子。

「……唉，真沒辦法。嘿！」

雖然沒有掩飾不怎麼情願的態度，但十六夜還是站了起來。

因為這個動作，飛鳥和耀的頭頂互相撞擊。

「呀！」

「……好痛。」

「好啦，妳們到底想睡到什麼時候啊？女性組。因為開始舉辦一場大型的恩賜遊戲，所以假日取消了。」

十六夜揮著黃金盤並不客氣地調侃兩人。

黑兔也慌慌張張地靠了過來。

「可……可是，十六夜先生。目前連遊戲會場都還沒有宣布，也尚未發出遊戲開始的信號，並沒有必要急成那樣吧？」

「……唉～」十六夜發出一聲更加欠缺幹勁的嘆息。

他把黃金盤丟給黑兔。

「——來了，往右閃！」

這一剎那，兩人散發出的氣氛產生了戲劇性改變。

以此為開端，從雜木林內射出的大量箭矢如雨水般落下。十六夜和黑兔立刻進入戰鬥狀態，扛著飛鳥和耀跳離獨立小屋。

「咦？咦？」

「敵人……？」

向來很慢才會清醒的飛鳥依然無法完全掌握狀況並頻頻眨眼。

耀靠著味道得知敵人的存在，晚了一步也進入備戰態勢。

黑兔舉起「模擬神格．金剛杵」，以像是受驚的態度發問：

「這……這到底是怎麼一回事呢？」

「妳這隻笨兔子沒有讀過內容嗎！這場遊戲是『契約文件』——黃金盤的爭奪戰！遊戲老早就開始了！」

十六夜剛吼完，立刻像是要鼓起幹勁般地讓腳下炸開並往前疾奔。躲在雜木林裡偷窺的氣息共有八個，根據氣味，對方大概是獸人吧。

十六夜巧妙又迅速地從再度放出的箭雨下穿過，猛然一跳並抓住偷襲者的手腕。

那是一名體格將近成人男子兩倍的男性獸人，因為十六夜的迅速腳力而瞪大雙眼。

「好……好快！」

「笨蛋，是你太慢。」

十六夜隨口回應，同時扭動對方手腕並出腳把對方掃倒。下一瞬間獸人就在原地被迫轉了三圈半左右，然後從頭部狠狠撞擊地面。

「你這混帳！」

「居然敢把我們的同志……！」

「圍住他！圍起來同時射擊！」

因為同志被打倒而發怒的獸人們在周圍奔跑並逐漸逼近十六夜。

共有七名獸人躲在雜木林樹蔭下不斷移動。十六夜斜著眼掌握他們的位置後，以一副感到很麻煩的態度拿好小石頭——

「哼……不但破壞別人的休假甚至還偷闖進別人的地盤，真是讓人惶恐啊。你們這些傢伙，全都給我在那裡坐好反省——！」

讓內心的憤怒爆發，並隨手把小石頭往地上一砸。

被長年放置的雜木林亂七八糟地飛向上空。束手無策的獸人們也被打飛，遭到強制性驅散。

這時從如同雜木林殘骸般被吹散的獸人們手中，掉下一塊閃閃發光的黃金板。

「首先是第一塊……真是個輕鬆的遊戲啊。這樣真的可以獲得 Ars Magna 嗎？跳樓大拍賣也該有個限度吧。」

十六夜搔著頭，邊抱怨邊把黃金盤轉來轉去。從先前開始，這點就是讓他感到不滿的主要原因。

所謂「Ars Magna」——是並非從科學觀點，而是從神祕學觀點來考察的鍊金術。

也以「盧路斯之祕術」、「王者的祕跡」、「最後的鍊金術」等眾多名稱來受到研究探討，應該可以說是最高級的恩惠之一吧。

尤其是也被用來做為這遊戲名稱的「Raimundus Lullus」——雷姆杜斯‧盧路斯是一名哲學家，有許多和「Ars Magna」相關的軼事。

（其中特別有名的故事，就是他把黃金獻給英格蘭國王愛德華三世的傳說。據說盧路斯曾

把數十噸的卑金屬變成黃金——）

十六夜思考到這邊，不經意地把視線放到黃金盤的內容上。

「——　恩賜遊戲名：『Raimundus Lullus』　——

參加資格D：持續之人。

敵對方：善之人。

　　偉大之人。

　　擁有力量之人。

　　擁有智慧之人。

　　擁有意志之人。

　　擁有德行之人。

敗北條件：失去『契約文件』等同於剝奪資格。

勝利條件：結合所有的『盧路斯之圓盤』，獲得並非真理的榮譽。

遊戲補充：所有參加者完成準備後遊戲隨即開始。
所有參加者都敗北時遊戲則結束。

宣誓：尊重上述內容，基於榮耀與旗幟，『Thousand Eyes』舉辦恩賜遊戲。
『Thousand Eyes』印」

——正當十六夜為內容感到訝異的那瞬間。

黃金盤一眨眼就變成鏽蝕變形的鐵塊，並當場崩解。

「什麼……？」

十六夜慌慌張張地想要抓住黃金盤，但分解成鐵粉的黃金盤卻從他的指縫間流逝而去。這是發生在短短幾秒內的事情。黃金失去光輝，乘著春風消失無蹤。

＊

——「No Name」根據地，蓄水池前的休憩小屋。

在陽光和煦，空氣中瀰漫著春風芳香的水邊，用莉莉泡的茶搭配煎餅做為茶點的一行人整理了狀況。

穿著日式圍裙端正坐好的莉莉側著狐耳向飛鳥發問：

「今天試著製作了海苔煎餅，請問合您的口味嗎？」

「呵呵，謝謝。非常好吃喔。」

飛鳥把煎餅折斷，一小塊一小塊放進嘴裡。

旁邊直接整片拿來咬的耀以感到不可思議的態度發問：

「可是，真虧你們能拿到海苔。箱庭世界裡也有大海嗎？」

「是的，位於南區的大海相當有名。不過關於北區，我只知道有寬廣的冰河……」

莉莉垂下狐耳，飛鳥和耀以感到意外的表情點點頭笑了。

「畢竟箱庭很大嘛。只要共同體和仁弟弟的知名度能逐漸提昇，總有一天也會有位於海上的有名共同體願意邀請我們吧。」

「是呀。為了達到這個目標——現在就來破解這個恩賜遊戲吧。」

充分享受過午睡的飛鳥和耀重新看向文件內容。

「——恩賜遊戲名：『Raimundus Lullus』——

參加資格B：善之人。

敵對方：偉大之人。

　　持續之人。

　　擁有力量之人。

　　擁有智慧之人。

　　擁有意志之人。

　　擁有德行之人。

敗北條件：失去『契約文件』等同於剝奪資格。

勝利條件：結合所有的『盧路斯之圓盤』，獲得並非真理的榮譽。

遊戲補充：所有參加者完成準備後遊戲隨即開始。

　　所有參加者都敗北時遊戲則結束。

宣誓：尊重上述內容，基於榮耀與旗幟，『Thousand Eyes』舉辦恩賜遊戲。

『Thousand Eyes』印」

「黃金做成的『契約文件』……是很罕見的形式呢。」

「嗯，內容好像也有點特殊。十六夜知道這是在說什麼嗎？」

耀邊咬著煎餅邊發問。十六夜以嚴肅的表情雙手抱胸，沒好氣地低聲開口：

「……嗯，也不算不懂啦。或者該說寫在內容裡的事情並不是那麼冷僻的知識。」

「是嗎？」

「嗯。雖然總數不夠，不過這些是記載於『盧路斯之技藝』裡的最小單位述語。至於我們分發到的字母就是代表那述語的記號。」

大家以詫異的表情把視線放到黃金盤上。

所謂的「盧路斯之技藝」，是這次的遊戲名稱「雷姆杜斯・盧路斯（Raimundus Lullus）」這個鍊金術師曾提倡的祕術。其中最小單位的述語共有以下九個——

B：善

C：偉大

D：持續

E：力量
F：智慧
G：意志
H：德行
I：真理
K：榮譽

而「盧路斯之圓盤」，就記載著由這些述語結合後產生的詞語。

「契約文件開頭的參加資格寫著『B』這個字母吧？這是代表『善』這個述語的字母。因為襲擊我們的那些傢伙持有的黃金盤上也刻著具備類似意義的字母，所以這點一定沒錯。」

十六夜指著已經被抓住的那些惡徒。由於他們失去黃金盤，因此不再是參加者。雖然直接放走他們也行，但再怎麼說這些傢伙都侵入其他共同體的領地並發動強攻，即使正在進行遊戲，也是明顯的違法行徑。因此十六夜等人以不交給「階層支配者」為條件，得出「強制勞動數天」這個雙方都同意的結論。

十六夜走向那些惡徒，再次詢問已經崩解的黃金盤內容。

「刻在你們持有的黃金盤上的參加條件那項中，的確寫著『參加資格D：持續之人。』對吧？」

他以帶有壓力的語調發問，男子倒著犬耳害怕地回答：

「是……是的，的確是那樣沒錯。」

「好。接下來，這部分是從你們拿到黃金盤時就是這樣嗎？或者是你們做了什麼才變成這樣？」

「不……沒有……啊，可是，有說明過黃金盤的內容會根據被配發到的共同體而有所不同！」

「咦？」

為了減輕強制勞動，犬耳男子拚命回答。

黑兔愣愣地半張著嘴把頭歪向一邊。

問出情報的問題兒童們全都一起看向黑兔。

「……喂，黑兔，有這種說明嗎？」

「咦？啊……不！說不定有吧！」

「真是曖昧的回答。居然沒聽清楚主辦者方的規則說明，妳是不是太鬆懈了？」

「嗯，要是因為這樣而無法破解遊戲，就是黑兔的責任。」

飛鳥和耀的指責讓黑兔倒下兔耳。

另一方面，十六夜繼續雙手抱胸，重新要求惡徒們說明遊戲。

「那麼，其他還有什麼關於遊戲的說明？不是有暗示參加者要互相爭奪的遊戲規則嗎？」

「啊……嗯，有聽說收集七種黃金盤並送去是破解遊戲的關鍵。至於爭奪黃金盤的方式，則是要舉行依循參加資格的小遊戲來決定……」

「……哦，換句話說想靠力量來這裡硬搶的你們違反了遊戲規則嗎？」

十六夜瞇起眼睛。

自掘墳墓的惡徒們驚慌地縮成一團。

三名問題兒童賊賊一笑，像是逮到大好機會那般地開始講個沒完。

「這下傷腦筋了，大小姐！如果只是侵犯領土還可以根據我們的判斷來制裁他們，但真沒想到這些傢伙居然在『Thousand Eyes』主辦的遊戲裡違反規則！」

「是呀，原本想用一星期左右的強制勞動來原諒他們……不過既然是這樣，情況可就不同了。春日部同學，妳說是吧？」

「嗯，為了開拓農地，得讓他們勞動一年。」

「咿！」惡徒們發出慘叫。

不用說，他們當然是認真的。

黑兔一邊同情這些惡徒，同時繼續話題。

「沒想到這次採用了小遊戲形式，各位還沒有參加過這樣的遊戲吧？」

「嗯。」

「不過，倒是只有聽說過內容，是要破解大量小規模遊戲的方式吧？」

黑兔點頭肯定耀的發言。

小遊戲——也就是在遊戲中舉行的簡易型遊戲。

是指加入數個規則彼此相異的遊戲並舉行的遊戲形式，想在這種遊戲中獲得最後勝利，講求的是共同體的總體力量。

「哦……算了，我明白遊戲概要了。換句話說黃金盤粉碎的理由，是因為我沒有透過小遊戲來取得嗎……哼，這果然是一場沒什麼大不了的遊戲吧？」

雖然一度提起幹勁，但十六夜又換上半信半疑態度看著黃金盤。

而且原本在「盧路斯之技藝」中，使用到這些字母和述語的圓盤並非處於那麼重要的位置。所以十六夜實在無法相信這是一場可以取得鍊金術奧祕「Ars Magna」的恩賜遊戲。

（該認為這裡面另有隱情嗎……如果真是這樣，畢竟這是白夜叉舉辦的遊戲，應該不會有什麼好事吧？）

雖然十六夜的態度是無論什麼樣的恩賜遊戲都要高高興興地去參加，但他對這次的遊戲只有不妙的預感。之所以會這樣，是因為他覺得遊戲內容和名稱「Raimundus Lullus」沒有關聯。

至今為止像這種類型的恩賜遊戲，都是由本身性質和遊戲主題有相關的共同體負責舉辦。然而只有這次，卻是由白夜叉來主辦鍊金術方面的恩賜遊戲。這種與正常狀況相反的情形，正是讓十六夜猶豫不前的原因。

話雖如此，這遊戲倒也具備「若是只旁觀不直接參加似乎太可惜」的氛圍。

（刻在黃金盤上的述語和字母，還有「盧路斯之技藝」所代表的意義——就是文字的結合，以及新文字的誕生。這一點暗示出在物質界中，粒子結合和文字結合其實非常酷似，也成為製造出新概念的關鍵。）

還有記載於「契約文件」上的勝利條件。

「勝利條件：結合所有的『盧路斯之圓盤』，獲得並非真理的榮譽。」

裡面包括了「結合」，以及參加資格中沒有使用到的「I：真理」「K：榮譽」這兩個述語。讓十六夜懷疑這些要素是不是間接透露出某個重要謎題的關鍵字呢？

（算了……就算想再多，只有這些情報也還是什麼都無法判斷。）

他聳聳肩乾脆放棄。既然再怎麼把可疑的文字排在一起都無法讓點和點之間產生聯繫，那麼只能得出思考只是白費力氣的結論。

另一方面，女性組根本不管十六夜的擔心，自顧自地討論得很熱烈。

「既然現在已經知道是爭奪戰，那麼打鐵就該趁熱！」

「是呀……畢竟必須收集七種黃金盤，得早點行動。」

「要怎麼辦，分頭找其他共同體挑戰小遊戲？」

「ＹＥＳ！幸好『No Name』裡有四位可以一以擋千的強者！人家現在去叫蕾蒂西亞大人過來，大家也請各自為了取得黃金盤而行動吧！」

話才剛講完，黑兔就朝著本館一溜煙地跑走。

被留下的三人一起看看彼此，聳了聳肩。

「雖然黑兔那麼有幹勁……不過到底該怎麼辦？看在我的眼裡這可是相當不能相信的遊戲喔。」

「白夜叉的遊戲又不是今天才這麼可疑。就算有再過分的真相等著我們，要是不參加就無法確認。」

「……前提是背後有詐嗎？」

耀因為兩人的對話而露出苦笑。

十六夜以提不起勁的表情往前走了幾步——突然咧嘴一笑回過頭。

「不，對了。如果這是一場無聊的遊戲，只要加上附加價值就行了。」

「咦？」

「啊？」

飛鳥和耀同時出聲。

十六夜再往前幾步，呀哈哈大笑並挑釁兩人。

「不管有多麼無聊的結局在等著我們，這依然是白夜叉舉行的遊戲，應該準備了相當不錯的獎品吧——所以說，在七個黃金盤中收集到最多的人可以獨占獎品，這提議如何？」

「哎呀，聽起來很有趣嘛。」

飛鳥以微笑回應十六夜的挑釁。

耀也點點頭，豎起食指進一步提案。

「不過如果光是那樣還是不夠有趣……所以輸掉的人，要服從勝利者一整天。」

「這……會不會有點嚴苛？」

飛鳥有點畏縮。應該是因為既然必須前往各地參加小遊戲，對於機動力上處於劣勢的她來說這是個嚴苛的條件吧。

耀思考了一會，拍了拍手像是想到了什麼好點子。

「那麼，勝利者……可以讓黑兔服從……」

「「就是那樣！」」

「什麼就是那樣！你們這些大傻瓜啊啊啊啊啊！」

啪啪啪！黑兔的紙扇一閃而過。還有從本館被叫來這裡的蕾蒂西亞也在一旁待機，或許是正在執行女僕工作吧，她的手上拿著抹布。

一頭會被誤認為金絲的美麗長髮隨風飄盪的蕾蒂西亞無奈地嘆了口氣，輕輕舉起拿著抹布的右手。

「我也要參加這個遊戲。」

「咦……蕾蒂西亞大人！」

「好！女僕參戰！只要蕾蒂西亞妳獲勝，黑兔就要當一整天的女僕！」

「那麼從現在起，『Raimundus Lullus』就改名為『黑兔服從權爭奪戰』。」

「嗯，兩位，趕快去鎮上！」

三人完全不把黑兔的吐嘈當一回事，頭也不回地衝向自由區域。

這出乎意料之外的事態讓兔耳慘白的黑兔呆站在原地，她恐怕完全沒有想到情況會演變成這樣吧。

黑兔戰戰兢兢地轉身面對蕾蒂西亞。

「那個……蕾蒂西亞大人，您剛剛是開玩笑吧……？」

蕾蒂西亞拍拍因為過度害怕而失魂落魄的黑兔肩膀。

「不用擔心，我會徹徹底底地教導妳女僕工作，先做好心理準備吧。」

「您這不是充滿幹勁嗎啊啊啊啊啊啊啊啊啊啊——！」

啪！紙扇掃過，帶著悲傷的聲音在雜木林裡迴響。

*

——「Thousand Eyes」分店，林蔭道前。

在桃紅色花瓣飛舞的城鎮中。
參加者們都爭先恐後地以黃金盤為賭注互相競爭。雖然恩賜遊戲通常在比試彼此的武力或智慧，然而這次的小遊戲形式讓總體力量顯得極為重要。
就連經常冷清蕭條的這個下層地區，現在也因為各式各樣的遊戲而顯得很熱鬧。
「哼哼哼……大家都拚命地收集著黃金盤呢。」
白夜叉以手扠腰，用大膽無畏的視線凝視著小遊戲的結果。
「盡量奮戰吧，下層的年輕人們。因為在這個遊戲的終點，有你們即使花費百年也無法到達的榮譽在等待。」
在以藍色布料為底，刻有「相對雙女神」圖案的旗幟之下。
白夜叉露出魔王的眼神，等待著眾多挑戰者。
「『Raimundus Lullus』——能克服這遊戲的人，就由我白夜叉親自來成為對手吧……！」

*

——外門，噴水廣場前。
由於白夜叉的遊戲，噴水廣場呈現出近年難得見到的熱鬧氣氛。

就連整年都門可羅雀的商店街也隨著人潮增加，讓店員們忙碌地四處奔走。以最下層的東區來說，這是非常稀奇的光景。

甚至還有店家覺得這是大好機會而推出攤位販賣小吃。

十六夜也在「六傷」的攤位購買三明治，並對著顧店的貓女孩——嘉洛洛搭話。

「喲，看來生意很好嘛。」

「那當然！數量這麼多的小遊戲可不常見！現在正是久違的旺季！」

嘉洛洛搖著麒麟尾露出開心笑容。

十六夜一邊接下三明治的附加套餐，並張望周遭若無其事地問道：

「參加者比想像中多，有什麼著名共同體也來參加嗎？」

「這個嘛……我們『六傷』也算是相當大的共同體，不過來了好幾個規模在我們之上的大人物，只是主要都是些商業系的共同體啦～」

「……哦？所謂的大人物是？」

「六位數來了『六傷』、『一角』、『Will o' wisp』；五位數來了北區『鬼姬』聯盟旗下的共同體和『Kerykeion』。這幾個算是特別有名……不過這次的主賓，果然還是箱庭三位數的『Queen Halloween』吧！」

嘉洛洛「唰！」地豎直麒麟尾回答。

下一剎那十六夜的臉色也變了。

「……妳說三位數？」
「話雖如此，也不是女王親自來參加，畢竟我有聽說過她和白夜叉大人之間是水火不容的傳聞。真正前來參加的人是被稱為女王騎士（Queen's Knight）的人們，據說其中一位接下女王的敕命來此參賽。多虧這個傳聞，增加許多只是感到有趣好奇的參加者，才會形成這種大盛況。」
嘉洛洛愉快地把三明治塞進袋子裡。十六夜付錢後接下三明治，離開攤位。
他在噴水廣場的噴泉旁坐下，以複雜的表情雙手抱胸。
（……該不會這真的是一場很驚人的遊戲？）
他把視線移往寫在黃金盤上的「契約文件」。
雖然嘉洛洛講得很輕鬆，然而她剛剛列舉出的參加共同體都是些大型組織，正常來說並不會參加下層的遊戲。尤其是「Kerykeion」和「Queen Halloween」這兩個可是超級大人物。
前者是希臘神群的財務管理者，後者是擁有太陽主權的大魔王。
無論是哪一個，都是連剛被召喚到箱庭來的十六夜也曾經聽聞過的組織，完全不是會前來參加最下層舉辦遊戲的人選。
再度盯著「契約文件」內容的十六夜迅速地重新讀過一遍，皺著眉頭露出凝重表情。
「黃金盤……嗎？算了，即使不是『Ars Magna』，應該也確實會是某種重要的恩賜吧。」
他把三明治塞進嘴裡，把參加者的傾向也考量進去後，再度開始研究。

——共同體「Kerykeion」。

這個名字來自形成希臘神群中樞的「奧林匹斯十二主神」之一，商業神所擁有的神杖(Cane)。被當成共同體旗幟描繪出的「兩條交纏的蛇」圖案即使是在外界，也是極為有名的紋章。

歐美的商業組織和醫療機構當然不用說，也被當成國高中的校徽主題，是一個世界共通且廣為人知的旗幟。

如果說信仰會影響神群的靈格，那麼即使形容「Kerykeion」是一九〇〇年代到二〇〇〇年代支撐起希臘神群的信仰搖錢樹，也不算言過其實。這樣的商業共同體居然特地前來參加「Thousand Eyes」主辦的遊戲，這點應該可以視為某種線索。

下一個是——共同體「Queen Halloween」。

雖然到了二〇〇〇年代，萬聖節只能算是祭典活動之一，然而只要回溯時代，就能知道萬聖節其實是從古代凱爾特民族還很繁榮的時期就開始舉辦的傳統祭祀。

凱爾特民族把在一年中會隨著季節改變光輝的太陽視為生與死的象徵與崇拜對象，並舉行收穫祭之類的祭典。這就是凱爾特民族的太陽信仰，也是萬聖節的原型。

講到凱爾特的太陽神，擁有名聲響亮的必中必勝神槍「極光之神臂(Brionac)」的「太陽神魯格(Lugh)」算是相當有名。然而這是基於把凱爾特民族的祖先崇敬為神明的祖靈崇拜概念而塑造出的偶像。原本會被歸類於英靈，卻因為後天的信仰而在死後升格為神靈。

然而就算登頂成為至高神，如果原本是人類，和最強種還是有著極大差距。

純血的龍種、星之代表、天生的神靈。

為了守護神群，這三種擁有卓越超群靈格的最強種所施予的庇護乃是不可或缺之物。所以在後天神靈占多數的凱爾特神群中，被抬出來坐上這個大位的人，就是以太陽運行做為信仰的最強種——太陽和境界的星靈「萬聖節女王」。

（話雖如此，太陽的主權似乎掌握在白夜叉手上，是不是和這方面有關的私人恩怨呢？）

十六夜支著手肘撐起臉頰，不解地歪了歪腦袋。雖然他擁有萬聖節的相關知識，然而對於這位在箱庭中被稱為女王的人物，卻是連對方的為人或其他任何事情都不清楚。他只知道萬聖節女王和白夜叉彼此水火不容，以及她是箱庭三大問題兒童之一。

還有她具備的實力確實配得上女王這名號這點。

（記得蕾蒂西亞曾說過……「別對黃金女王出手」吧？雖然忠告講到這麼誇張是無所謂啦，不過對方真的強大那這種地步嗎？）

既然自己還沒有親眼確認過，會產生懷疑心態也是無可奈何的反應。更何況十六夜現在的心情很差。雖說是為了配合其他人，但是必須參加這種不明就裡的遊戲還是讓他心中只有不滿。不過即使如此，也不能手下留情。畢竟能要求黑兔成為女僕的權利讓人難以割捨，讓給其他兩人實在太過可惜。

（算了，意思是有想要之物就只能乖乖工作吧。）

十六夜似乎很無奈地搖了搖頭。正當他想要找個方便點的地方挑戰小遊戲時——休息區突然爆出巨大的歡呼聲。

「真厲害，三兩下就五連勝了！」

「應該是目前最接近破解的人吧！」

「可惡！怎麼能連敗在女人手下後就摸摸鼻子回去！」

「沒錯！去把男性成員都叫來！反正已經確定會敗退！拿出所有力量上吧！」

什麼？十六夜半信半疑地回頭。如果是平常，他應該會認為這是常有的事情而右耳進左耳出吧，但只有這次的情況有點不一樣。

如果是在遊戲中的勝負還另當別論，但是這種試圖挑起無關遊戲之爭執的行動似乎引起了十六夜的不快。又或者是想對女性做出違法暴行的意圖也讓他感到不爽吧。

然而比起這些，他原本心情就很差才是更嚴重的禍因。最大的理由就是這個。

十六夜以現在正是大好機會的態度站起來準備發洩悶在心中的怒氣和不滿，正當他根據「抑強同時也抑弱」的原則回過身子的那瞬間——

五個成年男子被一口氣打飛了出去。

「哦？」

十六夜發出感到意外的聲音並閃開。身形壯碩的男子們以幾乎要把噴水廣場的石板地都磨去一層的勁道不斷翻滾，毫無抵抗力地昏了過去。
這瞬間十六夜的眼裡染上好奇神色並看向對方。
把壯漢們打飛出去的女性從頭到腳都披著麻布長袍，外型看來有些可疑。
「……哦？看來所謂的『三兩下就五連勝』似乎不是謊話。」
十六夜一邊隨口講著感想，同時逐漸靠近身穿麻布長袍的女性。
雖然長袍拉得很低藏住臉孔所以無法看清，然而根據隱約可窺見的影子，似乎可以看到類似面具的東西。看樣子對方擁有必須隱藏真實面孔的身分。
感覺這下讓人更有興趣的十六夜從容自若地走向對方。
於是帶著面具的女性一言不發地把「契約文件」往前遞。

「—— 恩賜遊戲名：『Raimundus Lullus』 ——

參加資格E：擁有力量之人。

敵對方：善之人。
偉大之人。

持續之人。
擁有智慧之人。
擁有意志之人。
擁有德行之人。

敗北條件：失去『契約文件』等同於剝奪資格。
勝利條件：結合所有的『盧路斯之圓盤』，獲得並非真理的榮譽。

遊戲補充：所有參加者完成準備後遊戲隨即開始。
　　　　　所有參加者都敗北時遊戲則結束。

宣誓：尊重上述內容，基於榮耀與旗幟，『Thousand Eyes』舉辦恩賜遊戲。
『Thousand Eyes』印」

確定十六夜看過內容後，面具女性以微微側著頭的動作發問：
「……我的小遊戲是『力量』。還沒湊齊的是『善』和『德行』這兩種。」

「那正好，我的『契約文件』是『善』。所以就是要拿這個做為賭注並進行小遊戲，沒錯吧？」

「是的。不過必須選擇競爭『善』或『力量』……」

「請問意下如何？」面具女性再度側頭詢問。從她的言行舉止和沉靜語調可以感覺出良好的教養，應該不是這個下層附近出身的人吧。

十六夜抑制著因為未知強者而情緒高昂的內心，很乾脆地回答：

「我對『善』沒有興趣，而且太過於抽象又曖昧。我個人想選擇『力量』。」

「我明白了。」

面具女性拔劍出鞘發出清脆聲響。這時從長袍下看到白色護手和騎士甲冑，以及禮服式長裙。對方果然是騎士之類吧。

承諾要參加小遊戲後，十六夜不經意地往前踏出一步。這瞬間——

咻！劍尖掠過了他的鼻頭。

「——嗚？」

等他回神時，上半身已經往後仰。

身體反射性地比意識更快行動。

十六夜能以視覺掌握到的動靜，只有面具女性手邊略為搖晃的那瞬間。雖說是他掉以輕心，但這也是恐怖的拔刀速度。

（哈……！這傢伙真是太棒了……！）

銳利的劍光進一步繼續襲擊十六夜，翻轉劍刃攻擊方向的動作也俐落得非比尋常。即使和十六夜來到箱庭後面對過的對手相較，這也是最迅速的一擊。

十六夜換掉原本的鬆懈意識，瞬間就掌握住敵人的實力。

然而關於這點，面具女性也是一樣。

（被避開了……？）

儘管面具女性對自己的實力並非過度自負，然而她並沒有想到下層居然會出現能閃過自己劍技的對手。如果只有一擊還是偶然，既然連第二擊能閃過，那就是對方的實力。

面具女性立即重新認定十六夜為強敵，往後退了一大步。

她轉動劍柄後劍身鬆開，分解並拉長成鞭子狀。

十六夜看穿那是鞭劍，隨即拉近彼此距離。

（雖然有機關的武器是很帥，不過那是下策吧。）

宛如鞭子般扭曲的劍擊雖然的確是威脅，但是只要縮短距離也沒什麼了不起。縱使會加速的劍尖難以看清，然而只要觀察手邊動作就能判斷出軌跡。十六夜逮住對方揮動鞭劍的那一剎那，以像是要讓大地爆炸般的步伐逼近。

他邊往前衝邊讓瓦礫四處飛散。

如果對手是一般的敵人，光是造成的風壓恐怕就已經讓勝負分出高下了吧。

然而面具女性卻像是早就預料到這點，手上拿起了兩根長槍。

（什麼……！）

「結束了，是一場不錯的戰鬥。」

伴隨著勝利宣言，長袍下出現高速的一閃橫掃而過。同樣，如果她的對手是一般的敵人，想必已經毫無抵抗之力地被打倒在地吧。

然而十六夜的異常程度卻更勝一籌。

他才剛理解衝刺無法煞住，立刻就把緊握著的拳頭打向地面的石板，讓地盤也一起整個爆開。

「……！」

轟鳴聲迴響著，廣場的地面石板四處噴濺。

連同立足點一起被炸出去的面具女性無計可施，只能在空中飛舞。十六夜發現這是絕佳機會，抬頭望天打算發動追擊。

然而他慢了一步。

面具女性在半空中翻身後，下一瞬間已經手持剛弓瞄準十六夜。

「嘖！可惡！」

十六夜一邊咒罵一邊閃躲被迅速射出的連續箭雨。到此他終於看穿了面具女性的戰術。雙槍、鞭劍、剛弓。

戰鬥時藉由連續更換近中遠距離武器來發動毫無間斷的連續攻擊，避免產生破綻。然而雖然說起來簡單，但這可不是尋常的武藝。必須先具備將三種武器都修練到同等的高水準後才得以達成的無窮技藝，然後才有可能形成這樣的風格。

（……原來說有還真的會有嗎？）

十六夜閃過所有的箭雨，躲到噴水池的後方。

面對出乎預料的強敵，十六夜眼中出現的神色卻不是歡喜。

而是更強烈的感嘆之意。

這個敵人毫無疑問是強敵，而且是和十六夜身處對角線兩端的相反類型強敵。

和獲得天賦才能的十六夜不同，面具女性的武藝中可以感受到非比尋常的鍛鍊和鑽研。除非對劍術、槍術、弓術具備非凡信仰與確信，而且還得同時擁有堅強意志，否則就無法習得此等技藝。證據就是，明明無論攻擊防禦速度各方面都是十六夜占上風，但是他在進攻面卻完全施展不開。

這個敵人不但強大，而且更是靈巧。

（黑兔……這是馬後砲，不過這次真是超 Good job！）

今後不知道哪年哪月才能再碰上這種稀有的強者。十六夜緊握拳頭，為了打倒這個強敵而讓思緒高速運轉。

正好這時，遠方開始產生騷動。

＊

「糟了……！我們被十六夜同學耍了……！」

「嗯……仔細想想，我們根本沒有『契約文件』。」

飛鳥懊悔地咬著手指，而耀則是垂下肩膀苦笑。

這份「契約文件」是參加資格，同時也是籌碼。既然被十六夜拿走了，她們兩人連小遊戲都無法參加。

光是因為覺得好像很有趣就趕來鎮上的兩人，直到剛才決定好要參加哪個遊戲後，才終於注意到這一點。

飛鳥以打心底感到不甘心的態度咬著大拇指，帶著怨恨望著眼前的小遊戲。

「自己的活動領域變得這麼熱鬧卻無法參加……實在是一種屈辱……！」

「是啊，看鄰居都這麼開心自己卻無法參加會覺得很寂寞。」

耀苦笑著安撫憤怒的飛鳥。

講這些話的她在商店買了蘋果糖，以另一種方式享受這個祭典。以只要有澡洗有得吃有床睡就覺得沒問題的耀來說，這是很符合她風格的享受方式。

發了一陣子怒氣後飛鳥也逐漸感到空虛，最後決定和耀一起去買巧克力香蕉來吃。

於是後來，兩人把心態換成「要在這場祭典裡好好閒逛」的路線，並四處參觀商店。

這時響起一個開朗的笑聲，以特別響亮的音量招攬著客人。

「呀呵呵呵！來吧來吧各位！請來看看請來聽聽！『Will o' wisp』將要進行特別遊戲的說明！」

「要以小遊戲形式來一口氣讓出『智慧』、『意志』、『德行』這三種『契約文件』喔！」

「此外！連不符合參加條件的人也只要付出等值的代價就可以參加！」

——咦？飛鳥和耀同時回頭。

吸引到兩人視線的人，是火龍誕生祭那時也在場的南瓜頭幽鬼——傑克南瓜燈。坐在他頭上翹著腳的愛夏・伊格尼法特斯也注意到兩人，揮著手對她們搭話。

「嗯？是之前的無名嘛，妳們也要參加嗎？」

「……沒有『契約文件』也可以參加嗎？」

「只要肯付出等值代價就可以——不過，我們的遊戲超困難喔。」

愛夏帶著賊笑挑釁。

事到如今，兩人也不能退讓。面對戰書只能接下。

飛鳥和耀以要接受挑戰的態度往前一步，對著傑克和愛夏發問：

「好啊，把代價講出來聽聽。」

「反正我們會獲勝，沒有問題。」

「呀呵呵！這麼有精神，很好！」

「哼哼，倒是希望妳們聽了以後別後悔。」

「不可能發生那種事！」兩人同時斷言。

傑克與愛夏則以別有含意的笑容回應態度強硬的兩人。

確認其他參加者也聚集得差不多後，愛夏攤開雙手發表宣言：

「我們的小遊戲——就是這個！」

「——恩賜遊戲名：『Raimundus Lullus』——

小遊戲：『智慧』與『意志』與『德行』。

※規則概要：

在一小時以內，賣出最多『Will o' wisp』商品的人即為勝利者。

但原則上，參加者必須穿著印有『Will o' wisp』旗幟的女僕服進行銷售。

此外，男性參加者也必須穿著女僕服。

落敗方將會被迫穿著女僕服在『Will o' wisp』擔任一整天的銷售員而且沒有報

酬。」

「「嗚哇喔！」」

兩人，以及男性參加者都忍不住全身戰慄。

＊

——外門，噴水廣場前。

「嗚嗚……大家都跑去哪裡了！」

讓兔耳軟軟倒下的黑兔在噴水廣場上逛著。為了尋找從根據地本館一溜煙跑掉的十六夜等人，她漫無目的地在自由區域裡四處亂晃。

和她同行的蕾蒂西亞也甩著燦爛光輝的金髮，和黑兔一起巡視小遊戲的會場。

身穿女僕服的她在無損於原本英姿的情況下，化身為美麗的隨從跟在距離黑兔一步的後方。對於身為騎士時也展現出洗練風範的蕾蒂西亞來說，要模仿隨從應該是件很容易的事情吧。

看到垂著兔耳的黑兔，蕾蒂西亞露出苦笑。

「雖然幹勁旺盛也很好，但稍微享受一下如何呢？這種規模的遊戲在東區很少見，正是個放鬆一下的好機會吧？」

「話是這樣說沒錯……」

開朗的吵鬧聲和鮮艷的裝飾讓城鎮的熱鬧氣氛更添風采。在這種氣氛影響下要四處遊樂雖然是件很簡單的事情，但黑兔身處的狀況卻讓她無暇那樣做。

因為根據問題兒童三人組的動向，自己很有可能被當成女僕狠狠使喚。

黑兔光是想像自己會受到什麼樣的待遇，就覺得兔耳要不斷顫抖了。

「人……人家只是幫忙介紹遊戲而已……為什麼會演變成這樣……！」

「好了，別這麼說。只要習慣，其實女僕也不錯。黑兔身穿女僕服的模樣看起來肯定會很惹人憐愛，我也會好好教育妳，儘管放心吧。」

蕾蒂西亞掩著嘴角露出笑容。

兔耳更加萎縮的黑兔垂下肩膀。

當兩人正在街上閒逛時——視線角落突然瞄到不熟悉的旗幟。

「……黑兔，妳看那個男子胸前的旗幟。」

「咦？」

「就是那個，蛇和杖的圖案——是『Kerykeion』的旗幟。」

蕾蒂西亞稍微移動下巴來指示視線的方向。

在她點出的男子胸前，的確有著兩條蛇沿著杖互相纏繞的旗幟。

黑兔忍不住豎起兔耳，壓低音量：

「『Kerykeion』……！希臘神群的財務管理為什麼會來到東區下層？」

「不知道，只能確定應該是來參加遊戲。不過也有可能是因為『Perseus』那件事而被派來這裡。」

蕾蒂西亞的聲音裡帶著一點緊張。

「No Name」在一個月前，打倒了加入「Thousand Eyes」旗下的「Perseus」，並達成讓對方從星空中撤下旗幟的偉業。

不過這同時也代表希臘神群收集到的信仰有一部分遭到挖除，希臘神群的總本部對這狀況恐怕無法默不作聲。

「因為那場遊戲和『Thousand Eyes』有關，所以我們不當一回事地認定應該不需要擔心報復……不過看樣子還是警戒一下比較好，立刻去找出十六夜他們吧。」

「YES！」

黑兔雙手用力握拳鼓起幹勁。面對這種事態，再怎麼說也不能一直意志消沉。她伸直兔耳，換了一個心情。

正當她們兩人打算兵分二路開始搜索時——從小巷外側的帳篷裡傳來熟悉的聲音。

「好了，飛鳥，現在不是感到害羞的時候。妳必須更認真招攬客人，否則無法在遊戲裡取勝喔。」

「辨……辨不到！我怎麼可能穿著這麼丟臉的衣服出現在別人面前！」

「沒問題。超適合，超 Good job，超女僕。」

「超女僕！」

「超女僕？」

「哦？超女僕嗎？」

蕾蒂西亞的眼神亮了起來。

那或許是觸動到她內心某處的關鍵字吧？蕾蒂西亞跨著大步快速接近小巷外側的帳篷，一口氣用力扯開布幕。

「呀啊……！」

「唔？」

帳篷內響起小小的慘叫聲，蕾蒂西亞評論起聲音主人的模樣。

帳篷裡的人物是久遠飛鳥和春日部耀。

兩人身上穿著以黑白蕾絲裝飾的迷你裙型女僕服，把手放在裝有「Will o' wisp」製燭台和玻璃燈，以及其他餐具等物品的叫賣用推車上，表現出驚訝反應。

尤其是飛鳥的臉頰一片通紅，嚇壞般地縮著身體。

「蕾……蕾蒂西亞……？妳怎麼會在這裡？」

「因為聽到妳們兩人的聲音，還在想是發生了什麼事。不過……嗯。」

蕾蒂西亞以手抵著下巴，欣賞兩人身穿女僕裝的樣子。

飛鳥平常喜歡穿用紅色長禮服那類布料面積較多的服裝，不過這套女僕服卻和那些服裝相反，露出度非常高。

具備彈力光澤的白皙肌膚沒有被曬黑而顯得很耀眼，煽情的腳部線條和胸口則毫不吝惜地對外展示。雖然飛鳥還年輕，這卻是能讓人十分感受到女性魅力的造型。

至於另一方面的耀，縱使欠缺女性魅力，但稚嫩感和女僕服相輔相成醞釀出非常惹人憐愛的氣質。只要能更親切一點，就是個無可挑剔的販售人員吧。

「……嗚！這就是年輕的暴力，超女僕嗎……！」

「不，講到年輕，蕾蒂西亞大人您的外表看起來最為年幼耶。」

黑兔稍微吐嘈。

蕾蒂西亞原本想反駁並不是這種問題，然而在這裡回嘴也只是無益之舉。

她指著兩人身旁的推車，再度發問：

「妳們兩人扮成女僕的原因，和那輛推車有關嗎？」

「嗯，是啊。其實是——」

飛鳥遮掩著露出的肌膚，並把「Will o' wisp」的「契約文件」遞給蕾蒂西亞。

「——恩賜遊戲名『Raimundus Lullus』——

小遊戲：『智慧』與『意志』與『德行』。

※規則概要：

在一小時以內，賣出最多『Will o' wisp』商品的人即為勝利者。

但原則上，參加者必須穿著印有『Will o' wisp』旗幟的女僕服進行銷售。

此外，男性參加者也必須穿著女僕服。

落敗方將會被迫穿著女僕服在『Will o' wisp』擔任一整天的銷售員而且沒有報酬。」

才仔細閱讀完內容，蕾蒂西亞立刻皺起眉頭。

「……等一下，這些真的就是遊戲內容的全文嗎？」

她似乎很詫異地皺著眉頭。這場遊戲並非是讓主辦者和參加者對立，而是設定成由參加者彼此對立來決出勝負。如此一來「Will o' wisp」將會失去黃金盤，也會失去參加資格。

耀苦笑著回答側著頭感到不解的蕾蒂西亞。

「因為傑克他們只是陪『Queen Halloween』的成員來到這裡，似乎沒有興趣在遊戲中獲勝，所以他們說會把三個黃金盤都讓給這場小遊戲的勝利者。」

「按照他的說法，即使獲勝好像對他們也沒有太大意義。」

什麼！蕾蒂西亞感到很訝異。

不只是針對傑克等人對遊戲沒興趣這點，還有「Queen Halloween」——箱庭三位數的超級大型共同體都來參加下層遊戲的情報更是讓她難掩驚訝。

「不只是『Kerykeion』，就連『Queen Halloween』也參加了這種下層的恩賜遊戲……這情況實在是讓人有點難以置信。」

「可是人家認為，如果真的能夠獲得鍊金術的奧祕『Ars Magna』，那麼就算這些共同體來參加也沒有什麼好不可思議喔。」

黑兔豎著兔耳得意地說道。

然而蕾蒂西亞對於這個理論卻抱持著否定態度。的確「Thousand Eyes」是個名震天地的大型共同體，但也沒有可能把如此貴重的東西做為這種下層遊戲的獎品。

「這個該不會……有什麼沒有告知一般參加者的幕後隱情呢？」

「……是啊，稍微整理一下情報吧。」

──為了統整狀況，一行人先整理至今為止獲得的情報。

①恩賜遊戲「Raimundus Lullus」裡引用了鍊金術「盧路斯之技藝」的內容。

②收集到七塊黃金盤就能成為遊戲的勝利者。

③「Will o' wisp」似乎知道獎勵是什麼，但是卻判斷為「沒有用」。

④「Kerykeion」、「Queen Halloween」等大型共同體也前來參戰。

⑤根據上述的③、④，可以推測出獎品是除了大型共同體以外，即使獲勝也沒有意義的東西。

眾人把能想到的要素都列出來，一起動腦思考。

然而光是這樣還是無法得出正確解答。耀微微側著頭，反覆思索「契約文件」的內容──

突然以像是注意到什麼的態度抬起頭。

「該不會……這遊戲本身就是競爭『商業能力』的比賽？」

「什麼？」

「意思是？」

飛鳥和蕾蒂西亞還有黑兔都同時發出疑問。

耀屈身蹲下，在地面上寫出「契約文件」的內容。

「——恩賜遊戲名：『Raimundus Lullus』——

參加資格B：善之人。

敵對方：偉大之人。

　持續之人。

　擁有力量之人。

　擁有智慧之人。

　擁有意志之人。

　擁有德行之人。

敗北條件：失去『契約文件』等同於剝奪資格。

勝利條件：結合所有的『盧路斯之圓盤』，獲得並非真理的榮譽。

遊戲補充：所有參加者完成準備後遊戲隨即開始。

　所有參加者都敗北時遊戲則結束。

宣誓：尊重上述內容，基於榮耀與旗幟，『Thousand Eyes』舉辦恩賜遊戲。

『Thousand Eyes』印」

「我一開始以為必須破解七次小遊戲才行，但這場遊戲卻沒有那種限制。例如傑克他們讓我們參加的小遊戲也可以一次把三個『契約文件』做為賭注的對象。換句話說，在這場遊戲裡，只要是具備特定共通項目的小遊戲，就可以一口氣競爭七個黃金盤。」

耀推測所謂的特定共通項目或許就是「商業能力」。

善、智慧、意志、德行等關鍵字是商業的信用基礎。

偉大、持續、力量等關鍵字則是指共同體的規模和經濟實力。

至於勝利條件的「結合盧路斯之圓盤」，則具備了要參加者只進行一次小遊戲就解決的意思。

但，這樣就代表——

「難道……真正的參加者並不是我們，而是這些露天攤販嗎？」

飛鳥驚愕地環視周遭。

她應該是完全沒有想到自己居然會被當成舞台設備的一部分吧。

耀點頭肯定，提出最後的結論：

「對。最後的遊戲勝利者一定會從收集到七種黃金盤，而且創下最多營業額的共同體中選出。根據『Kerykeion』這種超大型商業共同體也前來參加的狀況，我認為這次的獎品並不是具體的道具或財物，而是商業權益之類——各位覺得如何？」

聽完耀的推論，一行人都雙手抱胸陷入沉默。

如果這些話是事實，那麼對「No Name」來說這也是一場沒有利益的遊戲。因為他們不具備足以進行商業行為的組織基礎，即使獲得權益，也只會成為沒有意義的東西吧。

黑兔難掩心中失落，悲傷地垂下兔耳。

「那麼，人家想要整頓廢墟的目標看來也沒有實現的可能……」

畢竟那塊土地荒廢成那樣。

為了恢復美麗景觀，人才和財力都不可或缺。梅爾和迪恩光是要整頓農地就已經忙不過來，完全無法連廢墟也一起顧及。必須養活一百二十名兒童的「No Name」並沒有擠出那麼多資金的能力。

「不過，畢竟可以拿到參加獎的黃金盤，所以這樣也是不錯！只要把這塊黃金盤當成一般金塊拿去典當——」

「——等一下，這話是怎麼一回事？」

耀舉起單手向黑兔發問，她的語調裡透露出比先前更認真的情緒。面對耀的神祕氣勢，黑

兔慌慌張張地補充：

「對……對不起，是人家又沒有說明清楚。這個黃金盤也是做為參加獎發給參加者的東西，因此就算沒能在遊戲裡獲勝，只要不輸掉就可以獲得這塊黃金。」

啪！耀理解般地拍了拍手。

然而連這一點也只要想成目的是要讓參加者們在這個遊戲舞台裡使用金錢，那麼一切就能說得通了。因為從一開始，參加者們就是被叫來成為舞台設備。

聽完黑兔的發言後，耀陷入沉思像是在考量什麼。過了一陣子——她突然輕輕微笑，似乎想到了什麼調皮點子。

「那麼，我們就把金塊全都收下吧。」

「——咦？」

「如果是要以銷售額來互相競爭黃金盤，那麼金塊應該會賜給賺取最多金錢的共同體。所以我們也來參加市場，給那些露天商人們一點顏色瞧瞧。」

「哎呀真棒，但是有勝算嗎？」

飛鳥也笑著回應耀的大膽作戰。

耀俐落站起，拍拍裝有「Will o' wisp」商品的推車，露出促狹笑容。

「傑克他們已經告訴我們方法了，一定會順利。所以為了達到目標——」

她從推車裡「唰！」地抽出女僕服。

「黑兔也得變身成超女僕。」

「……咦？」

黑兔先露出愣住的表情——

「您說什麼！」才激動地動著兔耳大叫。

＊

——「Thousand Eyes」分店，白夜叉的房間。

喀啷！添水的優雅聲音響起。

白夜叉在自己房裡雙手抱胸，豎起耳朵探查遊戲的動向。她從共同體同志那裡獲得名為「拉普拉斯之眼」的情報收集用恩賜，並利用這個在遊戲區域內放出了好幾個監視精靈。她們身為類似梅爾那樣的群體精靈，能共享視覺和聽覺並送出情報。其實原本是為了維持治安才獲得的恩賜，但受到白夜叉的興趣和個性影響，用於偷聽和偷拍的情形反而比較多。

考慮到這一點，只是用來巡視城鎮的現在算是非常健全吧。

「呵呵呵，這次的企畫也很熱鬧，很好很好。」

熱鬧喧囂的城鎮和不斷上演熾烈戰鬥的自由區域讓白夜叉很滿意地輕輕微笑。他們「階層支配者」不只要維持治安，促進地區活性化也是工作之一。

所以會像這樣定期舉辦大規模的遊戲，並給予考驗。

「不過，『Kerykeion』也就算了……居然連女王那傢伙也把女王騎士送來，到底是從哪裡得知那個挑戰權的傳聞？」

白夜叉在過去，曾經以白夜星靈的身分挑戰取得太陽主權的考驗。她接連參加許多遊戲，打敗並列的眾神群太陽神，在二十四個太陽主權中，獲取過半數的十四個主權。

「萬聖節女王」是當時曾經交手過的競爭對手，也是長達數千年的仇敵。

「太陽主權戰爭後明明已經過了這麼長的歲月，那傢伙還是照樣會來找麻煩呢。」

白夜叉沒力地垂下肩膀。然而也不能對此事置之不理，既然女王騎士已經出陣，下層的共同體根本不是對手。

唔～她雙手抱胸開始思索。

「萬聖節女王」被視為眾人畏懼的魔王，但也擁有身為凱爾特神群最大勢力的另一面。女王旗下以圓桌騎士和光之神子等著名的騎士為首，聚集了以絕大之力為傲的魔女(Fay)和傳術師(Druid)，以及跨越世界境界召喚而來的幻獸們。

身為南區「階層支配者」的「Avalon」也是其中之一。

女王雖然蠻橫又任性到甚至會去破壞秩序，但也會針對破壞部分整理善後。即使身受魔王烙印卻沒有遭到懲罰反而不受管束，正是因為這種理由。

「算了，也不會有人知道對手是女王騎士後還試圖挑戰，暫時再看看情況吧。」

白夜叉喝著綠茶安穩地呼了口氣。

然而，走廊上隨即傳來有人在奔跑的咚咚咚腳步聲。

「大……大事不好了白夜叉大人！應該是女王騎士的女性……正以『No Name』的男性為對手，雙方大打出手並破壞了很多攤位！」

「什麼！」

噗！白夜叉嘴裡的綠茶噴了出來。

在那之後沒過多久時間，「Thousand Eyes」分店的大門就被撞飛了出去。

＊

「喂，你聽說了嗎？」

「嗯？聽說什麼？」

「喂喂喂喂喂，原來你還不知道嗎！聽說有四個非常可愛的女孩穿著女僕服！女僕服！女僕服！——我要再說一次！

穿　著　女　僕　服　！開起了攤位的綜合代理店！」

「你說……什麼……？」

「而且其中一人是『箱庭騎士』！」

「而且另外一人是『箱庭貴族』——那個月兔啊！」

「「你……你說什麼！」」

這瞬間，一陣電流從旁觀兩人戰鬥的觀眾們身上竄過。

*

「歡……歡迎光臨！攤位代理店‧『No Name』的兔子小屋請往這裡走！」

在噴水廣場的一角，形成了一條長度非常誇張的隊伍。

繞了好幾圈呈現漩渦狀的行列甚至給人已經成為同一生命體的錯覺。這些人就是如此有秩序地排隊，到底是什麼讓他們能做到這種地步呢——

答案在隊伍的最前端。

「想……想購物的人，給我靜靜地排隊等待！」

「「「Yes！My ma'am！」」」

擁有一頭黑色長直髮，從臉頰到耳朵都染上一片通紅，單手拿著擴音器大聲叫喊的女僕少女——久遠飛鳥對於自己現在的模樣產生了無法遮掩的羞恥心。

（裙子也太短了吧……！而且為什麼我得穿傭人的衣服……！）

有閉月羞花之貌的財閥千金兼昭和女性代表，久遠飛鳥。

女僕服下那年輕有彈力又具備光澤的大腿充滿了青春期成長少女的魅力。
「紅著臉怒罵的女僕……！」
「太棒了！想出這點子的傢伙是天才嗎！」
「Say once more！Say once more！Say once more！」
「嗚……你們……！我不是叫你們閉嘴嗎！」
飛鳥拿著擴音器以最大音量大叫，於是歡呼聲瞬間停止。
對於能夠以語言控制人心的她來說，整理等待行列的工作並不困難。然而現在羞恥心卻妨礙了她的正確判斷力。
所有男性客人都因為飛鳥的發言而陷入沉默。
問題是沉默後，男性們的熱情反而更加集中在飛鳥的女僕模樣上，讓她成為受到眾人環視的焦點。受到無言熱情視線的集中砲火攻擊讓飛鳥的臉頰更加發紅，她抱住自己的身體並反瞪回去。
（嗚……這……這種情況雖然命令「不准看！」就能簡單解決……！但是那樣做之後或許客人就會離開……！）
只有這點必須避免。但飛鳥出生的年代實在太差，讓她無法勝任穿著這身不檢點女僕服成為眾人目光焦點的任務。對昭和女性來說，迷你裙女僕服是太跳脫理解的異世界文化。
她強忍著羞恥望向攤位。

在攤位那邊可以看到擔任店員的春日部耀和蕾蒂西亞。對於體型上還顯得年幼的兩人來說，這個長度的裙子並不是會讓人感到不好意思的東西。

耀露出淡淡的微笑，蕾蒂西亞則是掛著優雅微笑將寄賣的東西一一售出。至於站在領取商品處的兔耳女僕——黑兔已經有點自暴自棄地開始好意大放送。

「有……有可愛女僕的店就在這裡喔～！這……這間店讓您可以一次買到其他攤位的商品喔～！」

黑兔舉起燭台和餐具等商品宣傳。

還帶著耀眼笑容，把客人選擇的商品交給對方。

只要看到身穿女僕服的黑兔笑著說「感謝您的光臨，主人♪」並親手送上商品，大部分的男性都會被迷得神魂顛倒。接著就會因為想要再度體驗一次，重新跑去排隊並買下商品——這就是她們的策略。

看到作戰成功的耀和蕾蒂西亞互相交換視線並輕輕一笑。

「真讓人驚訝，沒想到居然會如此順利。看來我的主子們也具備經商的才能。」

「這一切都要歸功於蕾蒂西亞妳和黑兔，還有飛鳥很可愛……嗯，看這情況應該能把其他攤位寄賣的商品也全都賣出。」

「嗯，之後我們可以獲得各共同體寄賣商品銷售額的兩成。如果交易對象只有一兩個，那麼距離優勝還差得遠……不過，真沒想到會有多達五十四個共同體來委託我們。」

「那是當然的結果，畢竟我們這邊聚集了天下聞名的『箱庭騎士』和『箱庭貴族』，信賴度和期待度和自家相比高達二十三倍。」

嗯！耀用力握起雙拳。

到底是跟哪個自家相比？蕾蒂西亞臉上浮現苦笑。

在兩人對話的期間，寄賣的商品也迅速減少。份量多達兩個倉庫的委託商品只花了短短十五分鐘，就已經全部銷售一空。

即使商品已經全部賣完，「No Name」的攤位前依然是人山人海。不過四人只稍微打個招呼，就迅速收起帳篷，一溜煙地逃往小巷。

黑兔抱著裝有銅幣和銀幣的兩口麻袋，發出感嘆。

「好……好厲害！才一下子……才這麼點時間就賺到了相當於共同體十年份的活動資金耶！」

「喂喂，黑兔，我們的份只有兩成而已喔。」

賺到超乎想像的收入讓黑兔興奮得跳來跳去。

蕾蒂西亞似乎很無奈地掛著苦笑提醒她。

飛鳥搖搖晃晃地攤在牆上，像是全身無力般地吐出一口長氣。

「……真是最糟糕的一天。」

「不過飛鳥妳也很可愛，主要是害羞到面紅耳赤的那個模樣。」

「對不起，不要再說了。因為我不想回憶。」

「話說回來真的太厲害了！是……是不是可以用同樣手法再賺一輪……」

「怎麼可能再來一次這隻沒用的兔子！想做的話妳自己一個人去做！」

飛鳥抓住黑兔的兔耳，以半瘋狂的態度猛扯。

耀原本帶著微笑望著黑兔發出悽慘叫聲的樣子，但是在遠方傳出巨大爆炸聲的同時，她也把視線轉往聲音的來源方向。

（剛剛那爆炸聲……是有人在戰鬥嗎？）

*

十六夜拿起被壓扁的攤位支撐用鐵柱，丟向面具騎士。鐵柱雖然發揮出第三宇宙速度這種莫名其妙的速度並逐漸近逼，但面具騎士卻單手握槍並掃開鐵柱的前端，用輕柔的動作讓軌道偏移。

只以必要最低限度的力量改變軌道後，姿勢完全沒有產生絲毫紊亂的面具騎士拿好鞭劍。然而十六夜卻保持丟出鐵柱的動作，造成身體在很短的時間內變得僵硬。

「嗚……！」

蛇蠍般的劍光捕捉到十六夜的右腳肌腱。

描繪出曲線強硬進攻的鞭劍原本就已經難以預測軌跡，面具騎士的劍技甚至還能夠只揮動一次就造成多達六次的曲線並逼近獵物。而且這絕技並非依靠恩賜使出，而是全靠自身武藝來施展，絕非尋常武藝。

再加上十六夜的腳部也不是只有這次受傷。他的雙腳各處都出現細小且出血的刀傷，縱使每一個傷口都很淺，但這些傷口依然確實地削弱了十六夜的機動力。身體能力處於劣勢的面具騎士採用的作戰，是以彷彿沿著每一絲破綻使出的紮實一劍來重複攻擊雙腳，以減少雙方機動力的差距。

（嘖……乍看之下是個狡猾的手段，但能夠精準實行這招的人卻沒有幾個。這是必須先練功成痴般地鍛鍊出武藝後，才有可能實現的作戰。）

十六夜撿起壞掉攤位的帳篷來為傷口止血。即使內心默默咒罵，他的嘴角卻逐漸確實地展現出笑容。

雙槍、蛇蠍般的鞭劍、以及可以連射的剛弓。

除非已經把每一項都屬於不同種類的武器鑽研、磨練到極限，否則不可能使用這種戰鬥風格。明明光是要修習一種武術大概就得花上一輩子，這個面具女性卻歷經了多達三種過程。

（哎呀……世界真的很大。）

——真沒想到也有武藝如此高明的人物存在。

十六夜對這名面具騎士產生相當類似尊敬的看法。

和只靠天賦才能就已經屢戰屢勝直至今日的十六夜相比，對方明顯是個和他完全相反的人物。她一定是對行動的目的具備明確堅定的自覺，才能成功克服艱辛嚴苛的修練吧。

對於標榜快樂主義並隨性度日至今的十六夜來說，面具騎士使出的各種絕技也讓他覺得是對方度過充實時間的證明。

（啊，現在可不是佩服的時候呢。流了太多血，使得雙腳都變遲鈍了。要是繼續受傷可會致命。）

十六夜輕輕踏步調整狀態。

另一方面，面具騎士因為出乎預想的苦戰而喘著氣冒著汗，肩膀也劇烈上下晃動。十六夜和她的身體能力有著幾乎等同於豹和人類相比的差距。面對身體能力差異太大的敵人，她多次使出彷彿能射穿針眼般精準的絕技。

簡直會損耗自身的集中力，和徹底使用全身肌肉彈性的攻防。

面具騎士的體力已經接近極限。

（……原來下層也有這種未知的強者。）

如果要老實招認，其實在見到十六夜前，她進行遊戲時都有手下留情。

不，正確的說法是她不得不手下留情。身為擁有卓越超群實力的女王騎士，只要她有心動手，大概只需三十分鐘就能掃蕩全部參加者吧。

然而她卻沒有那樣做。與其說是身為強者的自尊作祟，正確的說法是因為她顧慮到現場的氣氛。

要是她真的動手把遊戲搞得一團亂——

「喂喂，你知道嗎？聽說『萬聖節女王』的部下在下層開無雙耶！」

「太誇張了太誇張了，哪有人面對等級比自己低的對手還認真地開無雙啊！」

「那個面具騎士已經是『女王騎士（笑）』了吧！」

——像這種不符合她期望的醜聞恐怕已經傳遍各處了吧。

結果，為了避免造成必要以上的反感，她一邊適當地手下留情以維持絕佳的遊戲平衡，同時一步步往前邁進。然而參加遊戲時手下留情卻意外地會造成壓力累積，面具騎士雖默默地執行任務，但也差不多開始感到不耐。

這時出現了一個出乎意料的好敵手，正是這位逆迴十六夜。

（原本參加時還對女王的一時興起感到厭煩……但這真是意想不到的收穫。）

即使擁有多麼精湛的武藝，一旦欠缺施展的對象也只會持續退步。以這種意義來看，十六夜的出現是出乎意料的偶然幸運。

面具騎士轉動鞭劍的劍柄，讓裝設在刀身的關節部分捲起收回。雖然這是一種機關武器，但這裝置本身並沒有使用恩賜一類的東西。

侍奉「萬聖節女王」的女王騎士們會獲得由名鍛造師們親手打造的武器，而且這些武器都會使用適合各自特徵的鋼鐵來鍛造。

她的鞭劍也是其中之一。

形成刀身關節部分的鋼索是使用數千條極細的鐵絲纏繞而成，利用握緊手邊劍柄的動作，能夠創造出多種多樣的劍招。

蛇蠍般的魔劍能夠如蛇牙般刺中敵人，如蠍尾般貫穿敵人。

如果是已經削弱對方機動力的現在，應該可以確實給予致命傷吧。

（武器就只使用鞭劍，要在下一次攻防中分出勝負。）

面具女性收起握在一隻手上的槍，用雙手舉好鞭劍。

感受到激烈氣魄的十六夜露出更加兇猛的笑容，望向面具騎士。

「妳打算在下一次決出勝負嗎？雖然那樣正合我意……不過在此之前，可以讓我報上名號嗎，騎士大人？這場遊戲若是在不知道彼此身分的情況下結束，感覺有點可惜。」

「……請教大名。」

依然舉著劍的面具騎士靜靜點頭。老實說她也有興趣，既然是此等強者所屬的共同體，想必是個名聲響亮的組織吧。

十六夜單手扠腰，以另外一隻手指向自己胸前。

「我叫逆迴十六夜——隸屬於『No Name』。」

「……『無名』？真的嗎？」

「嗯，名叫仁．拉塞爾的領導者就類似共同體的代名詞，妳就記住這個吧——那麼，騎士大人妳的名字是？」

即使被對方用蔑稱來回問，十六夜也呀哈哈笑著並沒有特別在意。

為了避免誤解要說明一下，她並非是基於歧視心態才使用這個蔑稱。

只是不由自主地感到……原來雙方有著奇妙的共通點。

「——我是『萬聖節女王』直屬騎士，『女王騎士團』第三席。女王賜給我的騎士名號是『無臉者（Faceless）』。」

面具騎士脫下長袍丟開，高聲報上自己名號。到此十六夜總算看到面具騎士的全貌。

對方身穿沒有受到一絲汙染的純白禮服盔甲，臉上戴著豔紅如火的紅色舞會面具。白髮只要受到陽光照耀，立刻就會散發出彷彿閃耀著銀光的神聖感。

面具騎士綁著黑色緞帶的馬尾隨風飄盪，十六夜則對她露出兇猛笑容。

「哈！『無名』跟『無臉』嗎！這真是奇遇！實在幽默！既然彼此同為失去象徵的存在……何不用力量來主張自我呢——！」

踏碎大地，讓攤位殘骸往天空四散飛舞的十六夜往前突擊。

配合他的行動，斐思．雷斯也跳向側面以蛇蠍般的劍招來應戰。

最後的攻防演變成一場極為激烈的戰鬥。

兩人已經做好這是最後交鋒的心理準備，在自由區域中不受限制地盡情奔馳。

他們移動時偶爾會踏壞攤位，破壞建築物，甚至讓整個窄巷都彷彿發生爆炸般粉碎。即使這樣周圍也沒有出現傷者，這應該算是一種奇蹟吧。

為了縮短距離而持續奮戰的十六夜，面對想保持距離而進行防衛的斐思．雷斯。

由於現在的機動力已經不相上下，原本還以為是斐思．雷斯會較為有利，不過十六夜在先前交手時也並非只在玩樂。

蛇蠍魔劍從四面八方襲擊而來。

這些軌跡絕對不是有著無限的模式。十六夜靠著預測軌跡，站上比斐思．雷斯更有優勢的立場。

（正如我所想，那個刀身的連接機關是靠著劍柄部分來操控。既然劍尖呈現不規則移動而無法預測，那麼也只要看透放在那劍柄上的手指動作就能對應……！）

鞭劍的伸縮是靠五根手指扭轉程度來操控。雖然乍看之下看不出來，但是劍柄部分應該被分割成五個環狀區域吧。藉由扭轉分別對應每根手指的圓環，就可以揮出宛如生物的劍招。

（劍招的伸縮模式被看穿了……先前從容對應的時間有點太長了嗎……！）

刀身機關被識破的斐思．雷斯感覺到自己流下一絲冷汗。

話雖如此，她也無意變更戰略。既然立下必勝誓言的她已經選擇了自己的愛劍，那麼現在只需相信誓言和自己的判斷。

感受到這份堅定意志的十六夜也出招挑戰最後的勝負。

「我要上了，女王騎士——憑妳那把鞭劍，能夠徹底擋下這個嗎——？」

十六夜從下方抓住剛才當成立足點的建築物，並以壓倒性的蠻力把建築物舉起。周遭一帶響起地鳴聲，巨大的陰影遮蓋住四周。

就連斐思·雷斯也不由得感到驚訝。

因為無論怎麼想，被舉起的建築物接下來將前往的方向都只有一個。

（難道……他想要把整個民房都丟過來——！）

就是這個難道。

十六夜把這棟比自己大不知道多少倍的建築物，以第三宇宙速度丟向斐思·雷斯。

「嗚——！」

斐思·雷斯扭轉鞭劍的劍柄，讓劍光可及範圍擴張到最大。被丟過來的建築物光是因為受力就已經呈現半毀狀態，化為巨大散彈襲擊斐思·雷斯。

即使說是散彈，也和她過去曾經閃避的攻擊有著不同的規模。

這些散彈並不是小小的子彈，每一顆每一顆都具備大岩石的尺寸。

這下不能像剛剛那樣以輕柔動作來對應，只能使出全力一邊破壞一邊徹底閃避。

（可是，真的能完全防住嗎……？）

斐思・雷斯讓鞭劍伸縮到最大程度將巨石一一切開。然而光是這樣果然還是不夠，她抽身往後跳開，同時確實地閃躲碎片。

雖然這是比剎那還要短的時間，但是她感受到的時間卻長了數千倍。

斐思・雷斯已經沒有先以視覺確認再使出斬擊。而是一邊計算斬擊後碎片飛散的方向，並瞄準那方向揮劍。

這是連一瞬間的判斷失誤都不允許出現的狀態。然而她不可能犯下失誤，已經磨練到極限的劍技能突破所有難關。

該切開的大岩石就全部斬斷，該避開的大岩石則轉身閃避。

斐思・雷斯確實地預測出下一瞬間。

正因為如此，這一瞬才會成為分出勝敗的關鍵。

「——我找到妳的死角了。」

斐思・雷斯一驚，全身也隨之僵硬。這也難怪。

因為逆迴十六夜從她已經避開的巨大岩石後面突然現身。

（不過我還沒輸——可以把刀抽回並砍倒對方！）

「怎麼能讓妳得手！」

天賦才能之拳和千錘百鍊之劍相互交錯。

在十六夜的拳頭以些微之差先到達純白禮服盔甲的那瞬間——兩人遭到瓦礫捲入，並一起破壞了「Thousand Eyes」的大門。

＊

「——你是白痴嗎啊啊啊啊啊啊啊！」

啪～～！白夜叉特別訂製的扇子型吐槽用紙扇一閃而過。

白夜叉指著因為十六夜和斐思・雷斯之戰而處處殘破的城鎮，很難得地真正動怒。十六夜不服地嘟起嘴巴被迫正襟危坐。

至於他不服的原因，是因為應該被斥責的另一個人並不在現場。

「……可惡，那個面具騎士居然先溜了，這種情況她不是也該負起連帶責任嗎？」

「夠了！被破壞的城鎮有八成要算在你頭上吧！就算遊戲舞台多少受損是無可奈何的狀況，但凡事都有個限度！又不是不懂這點道理的年齡，你這個大白痴！」

十六夜「嗚」了一聲，以像是吃了黃蓮般的態度把臉撇開。這次就連他自己也覺得有點做得太過火，沒有人因此受傷真的只能說是奇蹟。

「不，可是，既然我和那個騎士大人交手後還只有受到這個程度的損害，應該算是運氣很好吧？」

「哼，這當然。你就算了，但那傢伙在戰鬥時有特別注意，避免給周圍帶來損害。」

「……妳說什麼？」

「你可以現在回想一下。當你丟東西攻擊時，那傢伙總是讓物體的軌道轉往沒有人的方向並化解攻擊吧？但是憑那傢伙的實力，應該也能夠直接避開。」

難道不是嗎？白夜叉露出像是在責備的視線。

然而事實卻比發言更讓十六夜不由得顫抖。

「妳是說對方在那場戰鬥中……還有讓視野擴及周圍的餘裕……？」

「嗯。即使應該不是手下留情，但毫無疑問，她確實有能力選擇那樣的戰鬥。雖然是仇敵的部下，但這真是讓人讚賞的騎士道精神。武藝如此優秀的人才可說是難得一見——我想你應該也學到很多吧？」

白夜叉打開畫有雙女神紋章的扇子，藏住笑容並看向十六夜。

依然正襟危坐的十六夜臉上浮現出難以形容的複雜表情，彷彿很尷尬地搔了搔頭。

「……嘖！好不容易在遊戲中獲勝，這種敗北感到底是怎麼回事？可惡，我無法接受。」

「那是你的自尊心在作怪……算了，總有一天你們會再相見吧。現在比起這事——」

叩！白夜叉在煙灰缸上敲了敲紅漆煙管。

於是，一張羊皮紙輕飄飄地落到十六夜手邊。

十六夜詫異地拿起那張羊皮紙……接著嘴角開始抽搐。

「……喂，白夜叉大人。這個嚇人的請款金額到底是什麼？」

「是這次的賠償金額。破壞公用道路、破壞民宅、破壞攤位……還有破壞我等『Thousand Eyes』分店的大門。就請你準備足夠金額來賠償吧。」

白夜叉嫣然一笑，但她的眼中並沒有笑意。

十六夜張開雙臂仰頭朝天，喃喃說著今天真倒楣並露出苦笑。

*

——祭典結束，城鎮染上暮色的時分。

在朱紅色街道的正中央，黑兔激動地哭叫著。

「十……十六夜先生是傻瓜大傻瓜！超特大的傻瓜啊啊啊啊啊啊！」

啪啪啪啪啪啪啪啪啪！

伴隨著輕快的聲音，紙扇來回敲擊著十六夜的腦袋。平常會在第二下就避開的十六夜只有這次決定乖乖挨打。

「明……明明是……大家好不容易才一起取得的復興資金……！結果光是支付賠償費用就全部花完了……！」

「……是啊，明明我們在競爭利益的遊戲裡也大幅獲勝，結果卻為了賠償，連那堆黃金盤都被沒收。」

「嗯。按照原本的預定，這時間大家應該要一起去吃很多美食才對。這點實在讓人無法原諒。」

「……抱歉，我無話可說。」

飛鳥和耀像是很無奈地嘆氣，而黑兔則是垂下頭真的哭了出來。

只有蕾蒂西亞一個人露出為難的笑容，出面擔任仲裁。

「好……好了好了，反正是一筆橫財，來得快去得也快。即使拿輕鬆賺得的資金來復興，也無法感受到其中可貴吧？」

「這……或許是那樣沒錯，不過……」

飛鳥不高興地嘟起嘴。不過仔細想想，要是使用穿著迷你裙女僕服賺來的錢成功復興共同體，不知道這份功績會被代代口耳相傳下去到什麼時候。

一想到這點，就讓人不得不產生一種「以結果來說這樣或許也好」的感覺。

「話雖如此，但這可是一筆欠債喔！是十六夜同學你欠我們所有人。」

「嗯，我一定會找個機會補償妳們。」

「不過到頭來，遊戲的優勝獎品到底是什麼？聽說優勝的共同體好像是『Kerykeion』。」

「嗯？……噢，什麼啊，妳們明明已經理解到『要競爭商業能力』這個含意，卻沒有解開那部分嗎？」

「……聽這口氣，十六夜同學你已經解開了？」

算是吧……十六夜這樣說著，並攤開女生組整理好的遊戲考究用紙。

①恩賜遊戲「Raimundus Lullus」裡引用了鍊金術「盧路斯之技藝」的內容。

②收集到七塊黃金盤就能成為遊戲的勝利者。

③「Will o' wisp」似乎知道獎勵是什麼，但是卻判斷為「沒有用」。

④「Kerykeion」、「Queen Halloween」等大型共同體也前來參戰。

⑤根據上述的③、④，可以推測出獎品是除了大型共同體以外，即使獲勝也沒有意義的東西，換句話說是利權或權益。

「其中成為重大提示的要素是『Kerykeion』的參戰。身為商業共同體，他們無論是在外界還是這裡都是有名的神群之一。例如在日本，商神杖（Kerykeion）就被用來做為知名商科國立大學的校徽。既然和這些人有關，獎品肯定不是普通的權益。」

「……是呀，不過要進一步考究應該有困難吧？」

「也是啦。所以接下來只是我的推測……大小姐，春日部。在這張紙上面還有一個沒被用來考究的重要關鍵字——妳們知道是什麼嗎？」

「…………」

「…………」

「好，時間到。答案是『鍊金術』。」

十六夜很沒良心地笑著回答。

就在這一瞬間，飛鳥以猛然注意到什麼事情的態度開口低聲說道：

「——鍊金術……鍊金……買賣……金融？獎品該不會是『Thousand Eyes』的金融或投資權利吧？」

「嗯，大小姐不愧是財閥千金，反應很快。」

十六夜呀哈哈笑了，並追加做出補充：

「也有可能是發行和流通貨幣的權利。畢竟『萬聖節女王』似乎想要和白夜叉交戰的權利，而且我以前曾經聽說，貨幣的普及和信仰的普及具備同樣的意義。所以女王大人說不定原本打算也投身於市場上的戰鬥。」

「哦~……所以女王騎士才會被派來這種位於下層的城鎮嗎？」

「就是這麼回事。也就是說我透過擊退女王騎士的行動，阻止了魔王對市場的侵襲！」

的確如此……蕾蒂西亞似乎佩服地以雙臂環胸。

十六夜得意地呀哈哈大笑，從恩賜卡裡取出唯一剩下的黃金盤。接著他把黃金盤遞給哭到崩潰的黑兔。

「不過怎麼說……抱歉啊，結果只剩下這一塊。這是從女王騎士大人手上奪來的黃金盤，看看能拿來補貼什麼吧。」

「……是，這次的事情就到此不再追究。」

「妳願意那樣做真是幫了大忙，要不然——這封邀請函就會被白白浪費。」

「——咦？」黑兔發出傻楞楞的聲音並伸直兔耳。

十六夜手中拿著一封蓋有大樹封蠟的邀請函。

「那……那是……南區的收穫祭！來自水和大樹之街——『Underwood大瀑布』的邀請函？為……為什麼您有那麼貴重的邀請函？」

「這是白夜叉交給我的東西。好像來自一個叫作『龍角鷲獅子』聯盟的團體，希望我們能以賓客身分參加。」

賓客——換言之並不是一般的參加者，而是以貴賓身分獲得邀請。

身為被汙辱為「無名」的共同體，這是無法想像的待遇。

十六夜、飛鳥、耀、蕾蒂西亞，還有黑兔一起露出開朗表情，抱住了邀請函。

「居然會收到把我們視為貴賓的邀請函……！一定是因為各位打倒魔王的功績也傳到了南區！」

「呀呼～♪」黑兔高興大叫，飛鳥和耀、蕾蒂西亞也隨後發表意見。

「是呀，就連這次的騷動，或許也在宣揚名聲方面算是有益呢。」

「……不過沒吃到美食。」

「別在意，只要參加南區的收穫祭，就可以盡情享用美食。這只不過是微不足道的小事喔，主子。」

在互相露出笑容的一行人面前，十六夜高舉起邀請函發表宣言：

「『No Name』的下個舞台——是南區，水和大樹的大瀑布！提起幹勁上吧！」

眾人舉高手互相擊掌，一起踏上歸途。

同時內心也因為將在異世界面對新舞臺和新相遇而感到興奮又期待。

蠟燭和
夾心甜蛋捲和
幽靈小鎮

——北區，六七八九〇〇外門，南瓜街。

「Underwood」收穫祭的一星期前。

在這天，愛夏・伊格尼法特斯為「Will o' wisp」即將舉辦的恩賜遊戲做好準備，以雀躍的心情踏上歸程。

（裝飾也已經完成，準備萬全！接下來只要等參加者聚集就好了～♪）

愛夏甩著自傲的藍髮和雙馬尾，放鬆表情露出笑容。

把共同體栽培的巨大南瓜挖空後製作出的擺飾，還有由傑克和愛夏製作的大大小小蠟燭式提燈已經都點起蒼炎，照亮磚造的街道。

（希望這次也能很熱鬧……）

愛夏注視著自己製作的舞台。

「Will o' wisp」是以「擔任恩賜遊戲的主辦者比成為參賽者更有趣！」為方針的共同體。

雖說既然要舉辦就必須獲勝，然而這卻是建立於主辦者和參賽者都能樂在其中的前提上。正因為是一場無論輸贏都能享受到樂趣的遊戲，想參加他們遊戲的人才會絡繹不絕。

（不過這次我也有把邀請函送給那個「無名」共同體，所以不只要享受樂趣，還得讓他們充分領教到我愛夏大人的厲害！）

「呼哈哈哈！」

愛夏挺起小小的胸膛，發出有點蠢的大笑聲。

回到根據地後，她很有氣勢地推開大門，跨著大步前往自己房間。

在房間前把手伸向門把後，卻傳來奇妙的手感。

（……咦？我出門時有鎖門嗎？）

愛夏喀恰喀恰地轉動門把，卻因為上了鎖而無法打開。

她把手塞進衣服口袋裡尋找鑰匙，可是卻遍尋不著。

不，明明鑰匙本來就一直放在房間裡面，為什麼房門卻鎖上了——

「——啊，飛鳥，這個熊布偶很可愛。」

「哎呀，真的耶。乍看之下似乎是手工製作，這也是愛夏自己做的東西嗎？」

「不知道。以她那種粗魯的講話方式來看，我倒覺得這是讓人意外的興趣。」

「這點我同意春日部同學妳的意見……先不說這個，藏在熊布偶後面的點心盒傳出好香的味道——」

愛夏的臉上瞬間失去血色。

聽到不知道為什麼從自己房裡傳出的兩個聲音，讓愛夏受到強烈惡寒的襲擊。

——順便一提，飛鳥想打開的點心盒是只使用在「Salamandra」直營領地栽培的名產——黃金薯為內餡所製作成的餡餅，也是所有北區女孩都想嚐過一次的最受歡迎甜點排行No.1的高

級品。

「等一下喂喂喂喂喂喂！不但擅自闖進別人房間甚至還想要打開高級點心，妳們到底是哪裡來的強盜！是說立刻打開房間的門啊妳們兩個混帳！」

「哎呀，這好像是高級點心呢，春日部同學。」

「嗯，真期待。」

沙沙沙。

「我不是說別開嗎啊啊啊啊啊啊！」

「哎呀，好像不開門也關係呢。」

「嗯，那就由我們兩個人吃掉。」

兩個人窸窸窣窣地準備著茶會。雖然房門一直咚咚咚地被敲響，但兩人並沒有停止動作。正可謂是白費力氣又無濟於事。領悟到口頭制止對問題兒童根本沒效果後，愛夏全力衝往樓下的保管庫拿來備用鑰匙。然而……

「話說回來，飛鳥。綁在門上的繩子是從哪裡拿來的？」

「噢，那是在整理『No Name』廢墟街時，覺得好像用得上所以……」

「妳們到底準備周全到什麼地步啊啊啊啊啊啊！」

愛夏自暴自棄地大叫。裡面只傳出在吃東西的聲音。

付出僅有的一點零用錢買來的甜點被搜出，讓愛夏情緒低落地垂下腦袋。

然而兩名問題兒童並沒有光是這樣就停手。

「……飛鳥。」

「什麼？」

「從點心盒下面……找到一本附上可愛插圖的自作詩集……」

愛夏猛然重新振作。

不妙，只有這個真的不妙。那是裡面充滿少女祕密以及青春期羞恥產物等讓人想埋葬掉的黑歷史寶物庫。也是一旦打開，保證會讓所有讀者都捧腹大笑的黑暗魔導書。

「妳……妳們……！」

愛夏擠出最後的力氣，握著門把以快要哭出來的聲音大叫：

「妳們兩個，趕快滾回去啦啊啊啊啊啊啊啊——！」

*

因為害愛夏還算認真地流下了淚水，就連耀和飛鳥也只能乖乖反省。

現在，愛夏正和飛鳥等人一起參加在客房舉行的茶會，然而她的雙頰卻高高鼓起。

耀和飛鳥看了看彼此，露出困擾笑容。

「真是的，這只是個不嚴重的玩笑吧？再怎麼說我們也沒有那麼缺乏常識。」

「我們之前吃的東西是便當。至於愛夏妳的點心……看吧，就像這樣平安無事。」

「這是理所當然的結果！」

愛夏依然鼓著臉把頭甩開。

之後，兩人向經過百般安撫才總算冷靜下來的愛夏詢問關於遊戲的情報。

「話說回來，愛夏。這次妳招待我們參加的遊戲到底是什麼樣的活動？」

「……哼！來到我們的根據地前，不是有條南瓜街嗎？那是我們取得原本是廢墟的土地，並改造成幽靈小鎮的地區。」

「幽靈小鎮？」

飛鳥和耀同時發出感到疑問的聲音。聽到這反應後，愛夏終於像是重新振作般地露出笑容，對著兩人挑釁。

「雖然詳細情形還是祕密……不過這次遊戲的關鍵，是要找到我和傑克先生。只是這條件太困難了，所以至今為止還沒有任何人達成過。拜此所賜，很久以前就準備好的豪華獎品也只能一直丟著積灰塵。」

哼哼～愛夏得意地笑著從鼻子裡哼氣。

然而聽到愛夏發言的兩人卻眼神一變，轉頭看向彼此。

「是嗎……可以得到豪華獎品。」

「嘻嘻，知道了個好消息。」

兩人自信滿滿地回應愛夏的挑釁，愛夏也充滿幹勁地起身。

「遊戲在今晚開始，時間是月亮升上最高點的時候。在那之前，妳們可以待在根據地裡待機。」

「明白了，那麼我們就在愛夏的房間裡……」

「別那樣！」

愛夏立刻回答並隨即離開。

只剩兩人獨處的飛鳥和耀暫時默默地喝著紅茶，休息一會後才開口交談。

「豪華獎品……到底是什麼呢？」

「不知道。不過畢竟『Will o' wisp』是六位數的共同體，看愛夏如此得意，所以應該是有符合這水準的獎品吧。如果能拿到獎品，想必對參加收穫祭也會變得比較有利。」

飛鳥和耀看著彼此，一起點了點頭。

這也是她們的目的。

兩人隸屬的共同體「No Name」目前正在舉辦由同志之間彼此競爭戰果的遊戲。根據每個人在規定的日數內能夠獲得多大的戰果，將影響到可以參加「Underwood」收穫祭的天數。

「十六夜同學也出乎意料地沒有獲得什麼戰果……這場遊戲說不定會是一次巨大的機會？」

「……嗯，接下來就要看誰可以破解。」

耀點點頭似乎有點緊張。看到耀表現出和過去都不同的緊張態度雖然讓飛鳥感到疑惑，不過現在她並沒有追究，而是養精蓄銳等待遊戲開始。

＊

——六七八九〇〇外門的舞台區域，南瓜街是「Will o' wisp」擁有的少數領地之一。這是因為北區存在著複數的「階層支配者」，因此大部分區域都成了「階層支配者」直轄的領地。

原本「Will o' wisp」具備足夠的實力，能以六位數「地域支配者」的身分活躍，然而他們的領地卻只有這個舞台區域和根據地，還有能進行玻璃加工或鍛造作業的煉製工房而已。

而且這個外門在北區中也算是位處偏西，導致防寒大結界的效果較弱，再加上距離醞釀出永秋環境的大吊燈也很遙遠，因此有點寒冷。

至於廢屋分散座落四處的現象，大概也是起因於原本居民移住到「Salamandra」或「鬼姬」聯盟等強大共同體支配範圍內的結果吧。

「Will o' wisp」就是藉由改造這些廢屋來建立舞台區域。

由於北區的建築物採用堅固的磚造，因此幾乎沒有風化。他們應該是認為理所當然要拿來利用吧。

幽靈小鎮在點起蒼炎的蠟燭式燭台照耀下，醞釀出和舉辦遊戲相呼應的氣氛。

飛鳥和耀往邀請函上記載的地點移動，和其他參加者們一起來到通向舞台區域的門前。這時，她們突然對其他參加者產生疑問。

「總共將近兩百人。雖然參加者的人數比想像中多……但大多是年輕人呢。」

「不過與其說是年輕，倒不如說是小孩子很多？」

沒錯，全部參加者都未成年，甚至連比耀她們年幼的小孩也前來參加。就算是其中最年長的人，頂多也只有比兩人大個兩三歲吧。

雖然由於箱庭中有許多長生種而難以確定實際年齡，不過起碼可以看到非常多外表年輕的人。

飛鳥狐疑地皺起眉頭，卻因為看到愛夏站到南瓜街的大門上而換了個完全不同的表情。

愛夏的手上拿著大量的「契約文件」。

「讓各位久等了！我現在要把『Candle the Ghost town』的『契約文件』撒出去，各位參加者記得拿好！」

唰！「契約文件」從上方被往下撒。飛鳥和耀也立刻把視線移向文件內容。

「── 恩賜遊戲名：『Candle the Ghost town』 ──」

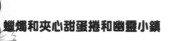

・參加資格：

一：參加費是「Thousand Eyes」發行的銅幣一枚（未滿十歲可免費）。

二：參加者必須是未成年人。

三：持有「Will o' wisp」的邀請函。

・參賽者方勝利條件：

一：從徘徊於幽靈小鎮中的提燈使魔身上奪走寶玉。

二：根據寶玉的種類，能獲得贈與的恩惠也不同（每名參加者只會授予一項）。

三：從傑克南瓜燈手上奪得寶玉者將獲贈特別恩惠。

・參賽者方敗北條件：

一：在三十分鐘內沒有取得任何寶玉的情況。

宣誓：尊重上述內容，基於榮耀與旗幟，『Will o' wisp』舉辦恩賜遊戲。

『Will o' wisp』印」

把內容確認過一遍後，兩人眨著眼睛看向彼此。

「呃……雖然總算明白小孩子很多的理由……不過提燈使魔是指？」

「是不是那些在火龍誕生祭時有看過的雙腳步行燭台跟提燈呢……？」

兩人以感到不可思議的態度歪著頭。

就像是要解除她們的疑問，愛夏舉起約有腦袋大小的提燈，對著參加者介紹：

「這種會走路的提燈是雜兵，裡面放了一顆寶玉，種類共有五種！基本上我們為大型提燈準備了比較好的恩惠，所以大家要努力去抓。」

「lan～tern♪」

提燈很可愛地揮了揮手，愛夏在此先停止發言。

過了一會之後，她才盯著下方的飛鳥和耀開口——

「——順道一提，對於成功從傑克南瓜燈身上搶走寶玉的參加者，將按照慣例贈送那個恩惠——也就是刻有『Will o' wisp』旗幟，能夠儲存、供給火焰的恩賜！」

看到放在愛夏指出方向的巨大燭台，參加者們都發出歡呼聲。飛鳥和耀也睜大發亮雙眼望著那個燭台。

「那就是能儲存火焰的燭台……！」

在巨大燭台旁邊待機的少年把火把丟了進去，於是燭台中開始燃起熊熊烈火。

原本這裡是有點偏涼的地域，然而這一帶卻在燭台點起火的同時跟著變暖。

即使無法和形成大結界的大吊燈相比，但肯定也蓄積了相當多的熱量吧。飛鳥讓雙手交疊，以像是要瞄準目標的視線凝視那個燭台。

「如果不只能夠儲存，還能供給熱量……就代表可以靠那一個燭台來因應共同體需要的所有熱源。」

「嗯，如果是這個恩賜，或許是無可挑剔的戰果……！」

耀用力握拳振奮精神。飛鳥雖然因為罕見的舉動而更感驚訝，不過她還是自己做出了結論，判斷這只是因為耀的幹勁就是如此高昂。

從門上下來的愛夏抬頭仰望呈現峨嵋型的月亮，計算該發出開始信號的時機。不久之後或許是時間已經到來，她離開參加者們移動到幽靈小鎮內，接著舉起右手。

「——好了，時間到了，傑克先生！今晚也要以全力逃到最後！」

這就是遊戲開始的信號。就像是在呼應她的喊聲，空中出現旺盛燃燒的火焰。

火焰如同螺旋般讓前端變細，拉起愛夏的手。她剛移動到火球的頂貓，立刻出現一個邊揮灑著火花邊放聲大笑的南瓜。

「——呀呵呵呵呵呵！歡迎各位今夜來參加『Will o' wisp』的慣例祭典！小朋友們請去追趕小提燈，至於一般參加者的各位就來追捕大提燈和我這個南瓜頭吧！」

「不過呢，我們當然沒可能會被抓到！」

傑克晃著身上的破布，而愛夏則吐出舌頭挑釁眾人。

在那之後兩人隨即被火包圍，瞬間消失無蹤。了解這就是遊戲開始信號的參加者們一起喊出聲音並往前奔。

「不要理會小提燈！只會拿到騙小孩的糖果點心！」

「目標是最大的提燈！十尺以上的傢伙就能充分回本！」

「追捕傑克是浪費力氣！只要針對移動緩慢的提燈！」

參加者們發出威武勇敢的吼聲開始衝刺。如果這遊戲正如傑克所說是一場慣例性的祭典，那麼至今為止曾挑戰多次的參加者想必也不在少數。

在寒冷的北區，傑克製作的各式恩賜肯定很有魅力。

不過這點對「No Name」來說也是一樣。

搶得先機的耀刮起旋風追過飛鳥。

「抱歉，我先走！」

「哎呀，不必客氣！我也會很快就追上去！」

飛鳥舉起酒紅色的恩賜卡，召喚出她持有的恩賜——紅色的神珍鐵巨人。

從沒有圖案的圓陣中被喚出的紅色鋼鐵人偶．迪恩發出勇猛的吼聲。

「——DEEEEeeeeeEEEEEEN！」

「目標只有傑克！上吧，迪恩！」

在主人的號令下，迪恩打破大門入場。其他參加者都因為突然出現的紅色鋼鐵人偶而大吃一驚，爭先恐後地逃跑讓路。

差點不小心踩到小朋友的飛鳥冒出冷汗。可是既然已經讓耀搶先一步，她也不能擺出悠哉態度。飛鳥指示迪恩要盡量注意腳下，開始在南瓜街上往前衝刺。

＊

——耀的動作很迅速。她從上空搜尋傑克的身影，並利用強大的五感展開追擊。她擁有的恩賜「生命目錄」能夠使用各式各樣的動物力量，就算傑克可以讓身影瞬間消失，並不代表存在本身也會消失。

耀的嗅覺不消多久就找到了傑克和愛夏。

原本從上空往下俯視的耀一直線急速下降，襲擊傑克和愛夏。

「傑克，我找到你了……！」

「呀呵？」

耀維持著從上空下降造成的衝力，把他們踢向磚造的道路。奇襲成功的耀腦中一瞬間閃過勝利的預感，然而對方卻不是這樣就會結束的敵手。

雖然南瓜頭重重摔向地上甚至還反彈，但仔細一看他身上根本沒傷。由於必須打破他的南

瓜腦袋才能取得寶玉，因此耀感到一陣焦躁。

「怎麼可能……！挨了剛才那一擊居然沒壞……」

「哼……哼哼～！這種程度傑克先生怎麼可能會壞掉！」

「呀呵呵！老實說我真的嚇了一大跳！但是這點傷馬上就能修好！」

即使被踢出去，傑克依然笑得很開朗，而愛夏則是身體往後縮聲音也有點變調。

不過仔細想想，這也是當然的結果吧。傑克面對耀曾經贏過一次，原因是他的不死性。

對於被聖彼得排除在生死雙方之外的傑克來說，「滅亡」這種概念並不存在。現在雖然是靠著維拉・札・伊格尼法特斯這惡魔才能顯現，但原本他連存在於現世都不被允許。

連全力使出的踢擊也立刻被修復，很快就無計可施的耀只能屈辱地望著眼前笑得東倒西歪的兩人。

在這一剎那，從廢屋的側面響起勇猛的吼叫聲。

「趁現在！迪恩！」

「DEEEEeeceeEEEEEN！」

鐵製的巨大手臂從牆壁另一側發動強攻。還以為傑克又被逮住破綻，但這次卻是圈套。他裝出了大意態度，誘出潛藏著的飛鳥，讓她現身。

「呀呵呵呵呵！天真，妳太天真了飛鳥小姐！」

傑克因為作戰順利成功而發出喜悅叫聲並避開攻擊，再次和火焰一起消失無蹤。飛鳥輕輕咂舌接著立刻搜索周遭，然而卻無法從附近察覺出他們的氣息。

她稍微嘆了口氣，也慢慢開始感到焦急。

「傷腦筋……要是繼續讓他悠悠哉哉地逃走，三十分鐘一眨眼就會過去……！」

更何況飛鳥完全沒有搜索敵人的能力。剛才能奇襲也只是屏息埋伏時傑克剛好衝過來的偶然機會，很難相信會連續發生兩次。

飛鳥凝視著蠟燭式提燈造成的熱浪扭曲效果並仔細考慮作戰，卻無法想到比剛才更好的計策。

「沒辦法……只能再去找個地方埋伏——」

「——飛鳥。」

飛鳥正打算去追趕傑克，耀卻從她的背後搭話。

不知道是怎麼回事的飛鳥回過身子，卻看到耀露出從未見過的認真緊張表情，不由得倒吸一口氣。

「怎……怎麼了呢，春日部同學？」

「……我有個作戰。不過希望妳聽聽我的希望做為交換。」

＊

——南瓜街，舊休憩廣場。

傑克和愛夏在開闊的地點觀察遊戲的進行狀況，似乎很滿意地點點頭。在這個廣場上不會受到奇襲，也可以逃走。

這裡是他們的領地。只要鎮靜地等待敵人出現，基本上不可能出現被逼上絕路的情況。因為他們已經先設好機關，讓靈體化的傑克和愛夏可以通過維拉製作的門逃往好幾個地方。

不過講到維拉本人，卻在外出閒晃後一直沒有回來。兩人雖然對喜歡流浪的領導者感到相當無奈，但還是很愉快地看著慣例祭典的模樣。

「不過啊～真的很久沒碰到了呢……敢從正面挑戰傑克先生的參加者。」

「呀呵呵！的確是那樣！剛開始舉辦慣例祭典時，曾有很多參加者向我挑戰，不過……」

傑克講到這邊突然停口，同時兩人之間出現一股難以形容的氣氛。

這是在箱庭中經常發生的狀況。舉辦娛樂性質的恩賜遊戲時，最初幾次會特別熱鬧。尤其是初次舉辦的新鮮感和能獲得的恩惠，還有為了突破舉辦方提出的考驗而必須付出的創意手段，這些全都被濃縮在第一次的遊戲中。

然而這場慣例祭典到這次已經舉辦了超過二十次。參加者逐漸只剩下常客和免費參加的孩子們，收入也不多。

儘管只要切換成其他遊戲就能解決這問題，然而那樣做會使得共同體臉上無光。一旦共同體開始舉行慣例性質的恩賜遊戲，要是沒有哪個人能破解，就無法創造雙贏局面。

「算了，雖然贏了就換也不錯……可是身為主辦者，這樣有點寂寞呢。」

「嗯。如果是從一開始就宣布只辦一次，情況也會不同……但是舉辦慣例祭典卻贏了就換，傳出去並不好聽，願意參加下次遊戲的參加者也會減少吧。」

那樣一來可說是全盤皆輸。他們的座右銘是要讓多一點的參加者來參戰，而且也要讓更多的人享受到樂趣。

為了達成這一點，這次才會把邀請函送給有可能打倒傑克的共同體——「No Name」，不過看起來負擔果然還是太重了吧，兩人露出苦笑。

「不過若是因為這樣就手下留情，等於是背叛了至今為止的所有參加者。所以這次果然還是希望她們能夠痛快獲勝呢。」

「話雖如此，畢竟那個少年並沒有來，光靠她們兩人沒問題嗎？」

這並不是過度自負或誇大其詞而是單純的事實，傑克明白自己比她們更強。也確信如果是單打獨鬥，基本上不會敗於對方手下。

既然如此，她們該採用的計策只有一個，然而……

「……愛夏，來了！」

「咦？」

愛夏發出脫線的叫聲。與此同時，烈風襲擊兩人。愛夏壓住隨風甩動的雙馬尾，而傑克則是被蓋到臉上的破布遮住了視線。

「嗚哇？」

「有破綻……！」

這次是耀帶著飛鳥的白銀之劍從側面襲擊，看穿那把劍藏有破邪之力的傑克驚險地閃開。用白色巨手抓住耀的傑克露出佩服的笑容。

「呀呵呵呵！真沒想到妳有這樣的恩賜！不過既然有這個，要是妳在最初一擊就拿來使用，應該已經打破這顆南瓜頭了吧！」

「……嗚……」

耀咬牙瞪著傑克，這時等著這空檔的飛鳥大叫：

「迪恩！上吧！」

「DEEEEeeeeEEEEEN！」

伸縮自在的鐵腕從廣場外以高速襲擊傑克。

雖然這隻手臂應該具備足以打破傑克腦袋的力量，然而前提是要打得中。悠哉避開的傑克再次大笑並搖動手指。

「天真天真！兩位的遊戲掌控都太天真了！波狀攻擊要在湊齊人數之後才會發揮意義！這點人數的基本戰術是一起攻擊喲。」

傑克帶著嘲笑說明即使連番出手攻擊，但人數只有兩人加一隻並沒有意義。然而他也很清楚不可以小看迪恩的強大力量。既然以可能性來評估確實有機會出現偶然的一擊，那麼長時間待在這裡應該很危險。

依然抓著耀的傑克再度讓周圍出現火焰——

「——趁現在，飛鳥！」

這瞬間，耀的旋風在傑克身邊刮起。

火焰並沒有聚集而是被風刮走吹散，讓傑克這次發出似乎真的感到焦急的聲音。

「難……難道……！」

「就是那個難道，傑克。你要瞬間消失必須先讓火焰包圍自己吧？」

糟了！傑克在內心狠狠咂舌。

在遊戲開始後，傑克的身影曾經突然消失過兩次，而且兩次都有把纏上火焰做為前兆動作。

「Will o' wisp」是以能往來生死境界的火焰惡魔做為中心主題。

因此耀推測傑克消失的發動條件是必須讓火焰環繞身體。

話是這麼說，但這是個基於隨性推測就進行的作戰。耀雖然因為計策順利成功而內心暗暗吃驚，不過當然沒有理由錯過這次的機會。在耀的號令下發動襲擊的迪恩打破滿是破綻的南瓜頭，讓隱藏在其中的寶玉彈了出來。

「嗚！怎麼能讓妳得逞！」

愛夏跳向寶玉，身上拘束力總算減緩的耀也在遲了一步後撲過去。雖然她較晚出手，卻利用媲美豹的瞬間爆發力和柔軟度來跳過愛夏頭上。

在她的手中，牢牢地抓著藍色的寶玉。

「嗚……！」

耀把視線投向正在逐漸修復的傑克，將小小的胸膛明顯挺起。

「……是我獲勝，對吧？」

她充滿驕傲地對著主辦者發表勝利宣言。

*

──在那之後，宣布「Candle the Ghost town」已經被破解的傑克和愛夏鄭重地舉行頒獎儀式。

他們把裝有燭台所有權的信封交給「No Name」，最後對著所有參加者發表遊戲結束宣言：

「呃～三年以來承蒙各位愛護的『Candle the Ghost town』終於出現獲得特別恩患的參加者，因此本遊戲也在此一併閉幕。如果將來再次出現打著『Will o' wisp』旗幟舉辦的遊戲，還請各位務必前來參加。」

傑克只說了這些就走下舞台，拍手聲也隨後響起。

即使已經舉辦過二十次，這次還是聚集了將近兩百名參加者。雖說有一半左右是免費參加

的孩子，但另外一半則是一般參加者，應該足以證明這是一場如此受到長期愛戴的遊戲吧，參加者中也處處都傳出感到惋惜的聲音。

體驗過「Will o' wisp」主辦的遊戲後，耀和飛鳥露出彷彿打心底感到佩服的笑容。

「果然箱庭的聚光焦點是恩賜遊戲的主辦方呢。」

「嗯……希望我們哪一天也可以當當看主辦者。」

兩人以帶著羨慕的眼神目送主辦者離開。

接下來，「Will o' wisp」按照遊戲後的慣例舉辦茶會。年幼的少年少女們從抓到的提燈中取出寶玉，用來交換剛出爐的蛋糕。

耀和飛鳥也被邀請參加，拿到烤蘋果口味的夾心甜蛋捲。

第一次看到的西點讓飛鳥興奮得兩眼發光，她用帶著熱情的眼神望向愛夏。

「這真是非常美妙的西點……！既然是用餅皮包著鮮奶油和水果，那麼這也是一種可麗餅嗎？」

「怎麼可能。夾心甜蛋捲的餅皮和蛋糕一樣，用這種蛋糕當餅皮包著內餡的食物就叫作夾心甜蛋捲。順便說一下飛鳥妳的是烤蘋果口味，我的是南瓜奶油口味。」

這樣說完的愛夏才剛把夾心甜蛋捲往前遞，盤子裡的南瓜奶油口味就突然消失。

愛夏雖然一時之間不明白發生了什麼事，但看到耀的臉頰像松鼠那樣高高鼓起後，立刻用力把頭往旁邊一倒，狠狠瞪著她。

「……喂，妳，嘴裡塞著的東西是什麼？」

「……阿傻的天旦卷。」

「嘎啊啊啊真是的！不懂禮貌手腳不乾淨個性又差害我不知道該針對哪點吐嘈啦！妳這個笨蛋！」

愛夏氣沖沖地用力捏著耀那鼓起的臉頰。雖然有一瞬間嘴裡的食物差點噴出來，但耀賭上對食物的全副堅持，硬是忍住並把蛋捲吞下。

垂下肩膀像是因為過度不以為然反而無話可說的愛夏站了起來，想去確認還有沒有剩下的蛋糕。讓口中恢復乾淨的耀從背後向她搭話：

「愛夏。」

「怎樣啦！」

「南瓜奶油口味的夾心甜蛋捲非常好吃，還有謝謝妳給我們邀請函。」

「……哼。」

愛夏嘟起嘴，甩著雙馬尾離開。

逮住只剩下她們兩人的機會，飛鳥向耀詢問先前遊戲的事情。

「春日部同學，關於妳剛才在遊戲中找我討論的事……」

「嗯？……呃……是指提議兩人平分遊戲戰果那件事？」

耀開始動手食用自己盤裡的夾心甜蛋捲，並歪著腦袋反問飛鳥。

原本互相競爭戰果的兩人之所以在遊戲裡攜手合作，是基於平分戰果這條件而組成的共同戰線。

要是無法贏得遊戲就沒有功勞，即使再怎麼想獨占戰果，先決條件都是必須勝利。因此耀提案協力作戰的判斷並沒有錯……只是讓飛鳥感到不對勁的部分，反而是她對遊戲那種幾乎讓人意外的積極。

「或許是我想錯了……不過春日部同學妳是不是有什麼無論如何都要獲勝的理由？我覺得妳選擇和別人合作的遊戲情勢發展有點罕見。」

「……那是……」

耀才剛開口，又閉上嘴巴。這動作本身就已經很難得。

自由奔放的耀幾乎不曾撤回自己正打算說出的發言。把該講的話說出口，至於沒打算提的事情就絕對不開口，這種做法才符合她的風格。

飛鳥有點不安，擔心地把身體往前探。

「春日部同學，如果有什麼隱情我也會幫忙，所以可以告訴我嗎？」

「……呃……」

耀煩惱著該如何啟齒。

飛鳥在耀說話前都坐正姿勢，靜靜等待她的回應。

讓視線四處亂晃一陣子之後，耀才以像是總算認命的態度低聲說道：

「……我也想對農園有貢獻。」

「咦？」

「呃……共同體的那個農園是由十六夜提供水源，然後由飛鳥妳開墾的地方吧？所以如果最後能由我來準備秧苗……我想自己就可以抬頭挺胸地說……『那是我們三人合作打造出的農園』。」

為了達到這個目的，即使只有多一天也好，耀想要盡可能多參加收穫祭並取得秧苗。

第一次得知春日部耀內心想法的飛鳥像是受到衝擊般地吸了口氣，大概是因為她從來沒想過總讓人覺得缺乏協調性的耀居然在考慮這種事情。

「……是嗎？原來是這樣啊。」

飛鳥靜靜地凝視著低著頭的耀。

她感覺自己非常了解耀現在的心情。因為在獲得迪恩之前，飛鳥也曾迷惘過自己今後要如何在高難度的恩賜遊戲中獲勝。

「捨棄家族、友人、財產，以及世界的一切，前來箱庭。」

被這種遊說內容召喚來此的他們必須面對的要求，果然是共同體的再興。要是無法對這個大目標做出貢獻，或許就會失去現在的棲身處——耀是不是也同樣抱著這種不安呢？

（是嗎……大家感到不安的部分都一樣嗎？）

飛鳥以像是領悟到什麼的態度閉上眼睛，用力握住耀的肩膀。

「我明白了，春日部同學。既然是這樣，那我也提供協助吧！」

「協……協助？」

「是呀！首先為了要盡可能多參加收穫祭，今天的戰果就讓給春日部同學妳吧。」

耀楞楞地瞪大眼睛。

然而下一瞬間她的態度就完全轉變，似乎很焦急地搖著頭。

「不……不行啦，飛鳥！要是提出這種假報告，對一個人努力的十六夜太失禮了……」

「哎呀，不過大致上沒錯吧？因為建立作戰計畫、看穿敵人特性還有拿到寶玉的人都是春日部同學呀。」

「因……因為多虧有飛鳥妳的幫忙……！」

「沒關係啦沒關係，而且十六夜同學說不定可以出乎意料地輕鬆拿下這種程度的成績。難得有個似乎能夠跟他相抗衡的大戰果，還要分割實在太可惜了。」

飛鳥擺擺手以開玩笑的語氣說道。

耀雖然露出即使如此也很難接受的表情，但她的決心也出自於強烈的想法。耀覺得若是無視飛鳥的心意似乎也很沒有禮貌，只好戰戰兢兢地確認。

「……真的可以嗎？」

「嗯，如果妳還是覺得過意不去，以後再找機會回禮就好。當然，對象也包括十六夜同學

喔。」

「……嗯，我明白了。我一定會向妳和十六夜回這份禮。」

耀這麼說完，露出柔和的笑容。

看到朋友初次展現的真心笑容，感到滿足的飛鳥把烤蘋果口味的夾心甜蛋捲放進嘴裡。

兩人一邊因為在口中擴散的幸福甜味而放鬆表情，並靦腆地互相微笑。

異鄉人和
月兔的
茶會

黑兔放下插著柳櫻枝的花瓶。

連續七天七夜的白夜叉送別會結束後，「No Name」根據地附近也恢復了平時的寧靜。

黑兔關上為了裁判工作準備的服裝室衣櫃，滿懷感慨地嘆了口氣。

「這樣一來，這間服裝室也沒有必要了呢……」

對黑兔來說，裁判工作只不過是為了生存而不得不接下的工作。

一開始因為自尊心作祟所以無法順利地擔任遊戲裁判。畢竟被歌頌為「箱庭貴族」的兔族被當成了譁眾取寵的展覽品，也難怪她會心生抗拒。

然而現在回想起來，或許那是白夜叉風格的考驗之一。

為了讓連明天的食物都沒有著落的「No Name」能夠活下去，白夜叉保證會提供遠超過常理的融資。黑兔僅僅負責一份工作，她就支付了足以讓多達一百二十人的少年少女們能夠生活的報酬。

「雖然這是在不情願的狀況下持續從事的工作……但『No Name』過去就是靠這些服裝支撐，這的確也是事實。」

然而在白夜叉已經離開下層的現在，這間服裝室應該不會再用到吧。

無論是什麼樣的工作，一旦結束後多少都會讓人感到落寞。

「不過……人家還真的是被逼著穿上了各式各樣的服裝呢。」

黑兔一邊說一邊在衣櫃裡東翻西看。雖然穿給別人看會很丟臉，但如果只是基於興趣拿來穿或許不錯。畢竟再怎麼說這些服裝都使用了高級的布料，像飛鳥的長禮服那樣先改造之後再拿來穿用也是一種可行的方式。

當黑兔正在尋找平常應該也能用到的服裝時，她聽到房門被輕輕敲響的叩叩聲。

「黑兔，妳現在有空嗎？」

「十六夜先生？嗯，沒問題。」

突然的訪客讓黑兔歪了歪兔耳。

然而打開房門後她再度吃了一驚。

這是因為十六夜身後可以看到飛鳥和耀兩人把茶點和紅茶一起帶了過來。

「送別會辛苦了，一直陪著白夜叉很累吧？」

「這……這是為了慰勞人家所以特地送茶過來？」

「嗯，想說要慰勞妳同時也開場茶會。」

耀這麼說完就拿起用來配茶的餅乾。

然而黑兔沒有心思去注意到這些。

她大概是沒想到三名問題兒童居然會來慰勞自己吧，對於平常一直因為三人勞心勞力的黑兔來說，這正可說是晴天霹靂。

左右甩著兔耳心中歡喜不已的黑兔一瞬間就準備好桌子，還擺好三人的座位。

「請進請進！希望各位不介意因為剛剛在整理服裝所以空氣裡灰塵較多的房間！」

「灰塵較多？」

「那是不是算了呢？」

「是啊。」

砰磅！

「咦！真的回去了嗎！」

「怎麼可能。」

三人一邊戲弄黑兔並再次進入房間。

他們拿來的茶點是抹了草莓果醬的餅乾，還有後院裡栽種的香草茶。和擺出問題兒童行徑的態度相反，黑兔可以感受到他們希望自己能恢復疲勞的心意，也感到有點開心。

「話說回來，各位以前是不是也曾經開過這樣的茶會？」

「嗯，只在『Underwood』開過一次。」

「所以這次想找黑兔妳一起開個交友會。」

聽完飛鳥和耀的提案，感到原來如此的黑兔點了點頭。因為她也覺得無論如何都想要參加這茶會。

「那麼，現在就開始第二回！異鄉人的茶會！」

哇～啪啪啪！女性陣營邊拍手邊歡呼。

越來越像女生專屬聚會讓十六夜感覺很無奈，不過這是能夠提出箱庭相關問題的好機會。他把餅乾塞進嘴裡不經意地發問：

「那麼首先從我開始吧——之前我就一直很在意，『No Name』的小不點們不去上學沒關係嗎？」

聽到十六夜的提問，黑兔「唔」了一聲並雙手抱胸。

「學校……就是指學塾吧？以前的『No Name』曾經有設置，現在則是人家定期集合大家上課。」

「哎呀真意外，黑兔妳負責當老師？」

「YES！話雖如此，但範圍也僅限於一般教養。不過要說其他方式也不是沒有，例如可以託付給提供專業教育的共同體或特定宗派參加修行等等。」

「那，神社之類的地方會教導文字嗎？」

「是的，尤其佛門在這方面相當投入，甚至還被形容成『想讓魔王改過自新就交給佛門吧！』呢。」

「聽起來真不錯，要不要讓我們家的斑點女僕也進去試試？」

十六夜開玩笑地說道，一行人也全都笑了出來。應該是覺得如果能糾正那尖銳的個性，大家應該很樂於把她丟進佛門裡吧。

「雖然這是不錯的提案……不過這裡基本上都是採用『在組織內培育一流參賽者和軍師』的方針。」

也就是教育交由共同體自我判斷，也必須自己負起責任。

十六夜似乎有點佩服地開口：

「意思是連義務教育都沒有嗎？雖然從提昇自主性這角度來看是很好，不過這種做法真的能增加共同體的實力嗎？」

「ＹＥＳ！如果是一般的眾多共同體還另當別論，但對於擁有一流參賽者的共同體來說，沒有任何問題！」

「是這樣嗎？」

正在嘴裡塞滿餅乾的耀詫異地反問。

黑兔抬頭挺胸地斷言：

「箱庭的每個少年少女都夢想著自己哪一天也能夠以一流參賽者的身分站上光彩舞台。而且看到那些代表性傑出參賽者的背影後，他們就會一心想要也成為那樣的人，並努力磨練自身。因此只要各位繼續像目前這樣活躍下去，就是最頂級的教育！」

黑兔「唰！」地豎直兔耳。

在恩賜遊戲中大展身手，讓旗幟威風揚起，並高聲以組織名號宣告勝利。

將名聲和光輝獻給自己的劍和旗幟。

這份光輝會讓少年少女們心懷憧憬，並持續鍛鍊自己。

「……哦，雖然不能說是很有效率，但也不賴。」

嘴角帶著笑容的十六夜把茶杯舉到嘴邊。雖然這是個冷淡的評論，但十六夜還是認定「No Name」的教育方針沒有問題。在此同時，他也不得不聯想到一件事。

——即使在不同的世界裡，金絲雀的教育方針也沒有改變。

另一方面，飛鳥也吐出一口熱氣，像是在鼓舞自己般地以手抱胸。

「既然這樣，那從明天起我們必須更努力才行。可不能讓年長、年少組看到自己沒出息的模樣。」

「YES！就是要這種鬥志！——那麼，現在要換成箱庭這邊提出問題。」

黑兔歪著兔耳，露出充滿興趣的眼神。

她先咬了一口餅乾，才以現在正是最好時機的態度開口：

「人家從之前就一直很好奇，十六夜先生穿著的服裝——該不會是傳說中的最強裝備『立領制服』吧？」

噗！十六夜被紅茶嗆到。理由當然不必特別說明。

光是黑兔知道日本學生制服之一的「立領制服」就已經很奇怪，為什麼還會提出「最強裝備」＝立領制服的理論呢？

十六夜正打算提出異議，耀卻搶先一步搭上話題：

「說起來我記得在爸爸留下來的古書中……好像有身穿立領制服的少年少女們拯救世界的故事。」

「ＹＥＳ！在箱庭，過去也曾經出現三次身穿『立領制服』的大英雄！而且據說每一個都自稱為『番長』！」

「是嗎？果然那本書的內容是真實故事。」

怎麼可能！十六夜在內心吐嘈。

十六夜也不知道為什麼會出現那樣的歷史誤解和問題召喚，或許是哪個他不認識的召喚師基於好玩才喚出那些人吧。

他一邊苦笑，同時先訂正錯誤。

「我話先說在前面，所謂立領制服只是一九〇〇年代的日本學校使用的制服，而且這個制服本身並沒有強大的力量。」

「哎呀呀？是這樣嗎？」

「嗯，而且在我的時代已經過了流行全盛期，我之所以穿著立領制服只不過是那傢伙的任性——啊，這個話題不重要……還有春日部，妳看過的那個是只存在於漫畫中的故事而且是虛構內容，不是事實。」

「……？原來是這樣。」

耀有點不解地稍稍側著腦袋，但她依然沒有反駁，只是把最後一塊餅乾放進嘴裡。

一直旁觀的飛鳥充滿感慨地喃喃說道：

「果然文化圈不同，連服裝也會完全不一樣呢。」

「ＹＥＳ！尤其白夜叉大人特別喜愛外界的特異服裝，因此人家也曾經換上各式各樣的造型。」

「真有白夜叉的風格。」

「順便問一下，她要求妳穿過什麼樣的服裝？」

「那真是數也數不清！日西合璧的服裝當然不用說，還有專職制服和泳裝，甚至連男裝都有讓人家穿過。」

「意思是兔子版的換衣娃娃嗎？真是讓人羨慕的興趣。」

黑兔的眼神飄向遠方，覺得事不關己的十六夜則呀哈哈大笑。

「……不過這些服裝暫時也用不上了吧，因為白夜叉大人已經回去了。」

黑兔寂寞地喃喃說著，打開衣櫃大門。

白夜叉送給黑兔的東西並非全都是一些像是在角色扮演的搞笑道具。有時候也會以華麗的長禮服和服裝讓黑兔開心。

在裁判工作已經結束的現在，可以說幾乎沒有穿上這些衣服的機會吧。

把餅乾吃完的耀以突然想到什麼的態度看向衣櫃。

「……那個衣櫃裡，原來也有男裝啊。」

「ＹＥＳ！有喔！」

「是嗎——那麼最後，黑兔妳要不要試試拿別人來玩的立場？」

耀露出淺淺微笑，把視線朝向十六夜。

十六夜收起笑容站了起來，然而卻慢了一步。

飛鳥搶先一步，瞬間就理解耀那視線的意圖。

「哎呀，這真是很棒的提議。我對比一的換衣娃娃也很有興趣。」

她也以富有深意的眼神望著十六夜。

到此黑兔總算理解。

「話說回來，這裡有一張能對十六夜先生使用的命令權……如果要用，現在不用更待何時呢？」

嗚呼呼笑著的黑兔拿出恩賜卡。

錯失逃跑時機的十六夜狠狠咂舌，接著像是死心般地舉起雙手。

「……了解，就算是恭喜黑兔退休，隨妳們高興怎麼玩吧。」

他彎腰坐下乖乖交出自己身體。

三名女孩發出興奮尖叫並大聲宣言：

「那麼！從現在開始把茶會變更為——逆廻十六夜的換衣遊戲大會！」

啪啪啪！女性陣營邊拍手邊動手在衣櫃裡翻找衣服。

只瞄了一眼充滿幹勁開始行動的女孩們，就抬頭望向月亮的十六夜內心想著：

等哪天白夜叉回來之後——自己無論如何都要報今天之仇。

斯廷
法利斯的
硬幣

「──恩賜遊戲名：『青銅之怪鳥（Stymphalian）』──

參加者：自由參加。

（但是參加者有死亡的風險。）

勝利條件：帶回以青銅形成的斯廷法利斯之羽。

敗北條件：無法達成勝利條件的情況。

（死亡視同敗北。）

規則概要：

一：收集到一定數量以上的青銅後，遊戲就會結束。
二：會針對帶回銀羽毛的參賽者給予賞賜。
三：參加者必須將帶回的銅、銀羽毛貢獻給主辦者。（走私將受到嚴罰。）
四：主辦者必須根據帶回來的銅、銀羽毛，授予符合價值的恩賜。
五：參加者死亡時，死後的靈格將委託給希臘神群。
宣誓：尊重上述內容，基於榮耀與旗幟，『Kerykeion』舉辦恩賜遊戲。
『Kerykeion』印」

＊

——七二七二四六外門。底波拉峽谷，山谷間的酒館。

時間要往前回溯，來到大約一週前。

在聳立於西南方的山脈谷底，將要舉行能夠一口氣輕易獲得大量金錢的恩賜遊戲——這樣的傳言開始傳向箱庭的各個角落。

這裡是得知這個傳聞的強者們聚集的酒館一角。因為遊戲內容確實符合傳聞所言而感到興奮的強者們正看著發出光芒的羊皮紙——「契約文件」並你一言我一語地討論。

「講到『Kerykeion』，不就是掌管箱庭南區一帶的最大規模商業共同體嗎？」

「既然背後和神群有關，應該會是場相當大型的遊戲。」

「不過說到斯廷法利斯，那可是會吐出猛毒氣息的怪鳥。而且是擁有青銅羽毛，其硬度還能夠彈開刀刃的傳說幻獸。」

「那又怎麼樣？『Kerykeion』是希臘神群的財務管理者，報酬肯定相當可觀。」

「沒錯，獲得希臘神群授予神格也不是夢想。有賭上性命的價值……！」

強者們單手高舉起酒瓶顯得相當興奮，仔細一看他們有一半以上並不是人類。各自隸屬於著名共同體的實力者們具備和人類不同的特徵。

擁有兇猛尖牙和狼耳的「五爪」副首領，沃爾德・佛卡斯。
身軀宛如巨樹的「四足」副首領，魯克・波爾佛伊。
其他還有長著翅膀的「二翼」之翼人種，和許多獸人、精靈們都在此聚集。
把根據地設置於大樹「Underwood」的「龍角鷲獅子」聯盟中的一部分成員，積極地前來參加這次的怪鳥狩獵。

沒錯——這裡是聚集了修羅神佛、惡鬼羅剎的箱庭世界。
是擁有絕大力量的神佛會主辦一種舉行目的是要將恩惠賜給人類、幻獸和精靈們的神魔遊戲——「恩賜遊戲」的異世界。
這不尋常的異世界有時會從外界招攬天生擁有特異才能、系統的人們，或是戰功獲得認可的英傑前來此處。
其中，在人類中擁有最高峰才能的人們受到召喚的情況也不在少數。
不過擁有這等才能的人們，當然不可能彬彬有禮地參加遊戲——

「不……不好了啊啊啊啊啊啊啊啊！」
——砰磅！響起酒館大門被打開的聲音。率先參加恩賜遊戲「青銅之怪鳥(Stymphalian)」的一名參加者

氣喘吁吁地衝進了客席。

全身上下每處都在冒汗，喘得肩膀一上一下的男子為了調整呼吸而趴到桌上。

不明白發生什麼事的強者們紛紛聚集，很快在男子身邊圍起人牆。

「喂喂，發生什麼事？」

「該不會是目標這麼快就遭到濫捕吧……」

目前待在這酒館裡的人是第二批參加者，換句話說如果第一批的人破解了遊戲，他們就是白忙一場徒勞無功。

然而喘著氣回來的男子卻使勁搖了搖頭。

「……出……！」

「什麼？」

不知道哪個人回問了一句。調整好呼吸的男子露出過度驚嚇而發愣的表情——

「出……出現了幾個離譜的小鬼……！」

……啥？強者們的頭上一起浮現出問號。然而男子卻全身冒著冷汗並指向峽谷的湖畔。

「先行部隊在湖畔發現一群斯廷法利斯並開始準備狩獵……結果卻出現三個強到誇張的小鬼，對我們發動襲擊……！」

先行參加的男子一邊發抖一邊向眾人解釋。

在酒館待機的第二批參加者們……都楞楞地半張開嘴。

隨後爆炸般的大笑聲一口氣往外擴散。

「四足」的副首領，德魯克・波爾佛伊敲響他那巨大的腹部。

「喂喂，你們聽到了嗎！明明我們是為了狩獵怪鳥而特地來到邊境……結果先行部隊似乎卻被小鬼給全滅了！」

笑聲再度在酒館裡爆開。

「五爪」的副首領，沃爾德・佛卡斯也跟著說道：

「哈哈，那真是不幸中的大幸。會輸給小鬼的傢伙們，面對斯廷法利斯時又怎麼可能打得贏！」

酒館裡的強者們相視大笑。

他們狂笑了一陣子之後，一起站起來打點行裝。

「……不過這是個好消息，看樣子先行部隊還沒襲擊巢穴就失敗了。」

「嗯，既然鳥群還沒被攻擊，那麼我們也沒有必要在山裡狩獵。喂！你們幾個！立刻準備出發！斯廷法利斯就由我們來一網打盡！」

喔喔！參加者們發出鼓舞士氣的叫聲並一起開始準備。

酒館裡突然充滿了忙碌氣氛，然而其中卻有一對擁有特別氣質的兩人組。

其中之一的貓族男子摸著鬍子，並以認真的表情露出笑容。

「……強到離譜的小鬼三人組……嗎？」

身穿瀟灑服裝的貓族男子雖然外表和強者齊聚的骯髒酒館顯得格格不入，但他的眼中卻透露出身經百戰的狡猾。是個即使只看一眼，也可以感覺出這是個和周圍強者們有著不同風範的上年紀貓族。

身穿長袍陪著那隻老貓的女性讓沒有被完全遮住的兔耳不斷抖動。

「嗚嗚……只有不妙的預感。」

「是啊，姑且先聽聽是怎麼回事吧。」

男性老貓和兔耳女性悄悄地靠近先行部隊的男子。

「喂，我問你一下。你剛剛提到的小鬼……成員該不會是一個小子和兩個小姑娘吧？」

「沒……沒錯。三個人都各自使用不同類型的恩賜……根本是怪物……！」

哎呀～老貓和兔耳女性都伸手撐住額頭。

不過或許是已經徹底理解狀況了吧，老貓讓先行部隊的男子在自己身邊坐下。

「那還真是一場災難。總之喝吧，這次算我請客，你喝到滿足之後就回去吧。」

「啥……？不，可是……」

「不要緊不要緊，反正這家店是『六傷』的分店，我的錢包不需要破費。」

老貓——嘎羅羅・干達克邊哈哈笑著邊倒酒。

兔耳女性趁這機會輕輕晃著長袍站起。

「真是非常抱歉，嘎羅羅大老。人家現在就去忠告大家『不可以做得太過火』！」

「嗯，以妳的腳程應該能先趕到。去跟那些搗蛋小鬼說一下酒館裡的年輕人都是我的自家人吧。」

「YES！人家了解了！」

兔耳少女——黑兔脫下長袍，從酒館裡直直衝了出去。

對於所謂的「襲擊先行小隊的少年少女」，兩人心中有數。如果他們是認識的三人組，那麼先行小隊全滅也是讓人能夠接納的狀況。不，豈止如此，連第二批參加者也肯定會三兩下就敗退。

畢竟他們是以在箱庭世界中蔓延的天災——「魔王」為目標而戰的共同體「No Name」。

也是世界最強的問題兒童集團。

*

——底波拉峽谷，山麓的湖畔。斯廷法利斯的巢穴。

斯廷法利斯在湖畔旁邊的洞穴中築巢。牠們總是成群行動，過著不讓其他種族靠近的生活。

然而在怪鳥的巢穴中，卻出現不自然的人影。

「……第二批參加者來了。十六夜、飛鳥，準備迎擊。」

「了解。」

「接下來大約有多少人數呢，春日部同學？」

「總共一百二十人左右。似乎有準備狩獵用的毒箭，要小心。」

少女的聲音裡帶著提醒同伴警戒的語調。

聽到這個忠告後，響起另一個似乎感到不以為然的聲音。

「居然還準備了毒箭，看來第二批參加者真的想把斯廷法利斯給趕盡殺絕——哼！很好。」

少年興高采烈地起身後，對著兩名少女講出了危險發言。

「妳們兩個也去就位吧。為了破解『青銅之怪鳥』這遊戲……絕對要死守斯廷法利斯。」

*

當第二批參加者到達據說有著斯廷法利斯巢穴的湖畔時，已經是深夜時分。抬頭仰望夜空，可以看到明亮的滿月撒下燦爛的月光。

「既然有這種程度的月光，要狩獵也不是難事。」

所有人都點頭同意沃爾德的意見。然而不能掉以輕心，肉食性的斯廷法利斯喜歡魚和肉，要是魯莽靠近，恐怕會被猛毒氣息一網打盡。

因此攻略法有三種。

第一種是攻其不備。

第二種是從氣息範圍外的距離發動投擲攻擊。

第三種是「模仿傳承」。

第二批參加者紛紛按照擅長的領域分組，前往目標的斯廷法利斯巢穴。

擅長奇襲的獸人們為了擾亂對方，打著頭陣前進。

「——好，消除自身的存在感。」

有人像是猛獸般收起腳步聲在水邊往前跑。

也有人像是爬蟲類那樣以保護色隱藏全身。

當成員各自以適合自己的方法往前衝刺時——突然，有一陣來自橫向的旋風襲擊眾人。

「嗚……怎麼回事……？」

打轉的旋風強烈得宛如暴風。

雖然風勢強烈到如果對象是人類似乎就會被輕易吹走，但獸人的獵人們發揮出各自的專長，勉強還留在原地。

然而如果只針對這次的情況，這是下策。

「——原來，光是這樣不足以讓你們回去。」

「……是誰！」

先前跑在最前方的沃爾德倒豎著耳朵大吼。聲音的主人聽起來像是少女。

身為一名身經百戰的參加者，沃爾德對於讓先行部隊全滅的對手抱著警戒。不過他並不認為對方真的是個少女，而是推測應該另有本體利用幻覺或洗腦類的恩賜來偽裝成少年少女。

（居然出手妨礙，真是卑劣的參加者……看我扒下你們的偽裝！）

沃爾德壓低腰部，舉起短刀擺出備戰態勢。讓全身宛如彈簧般彎曲的肉體正和猛獸一模一樣。

這是沒有一絲一毫大意的姿勢。

然而看到和旋風一起現身的少女，讓男子愣住了一瞬間。

「不好意思，我不會讓你們襲擊斯廷法利斯。」

少女刮起旋風，以彷彿踩著空氣的動作從空中飛舞降落。讓人驚訝的是，看起來使用這份力量的人並非他人，而是少女本身。這真是在一時之間難以置信的事實。

看似十四五歲的少女讓短髮和無袖上衣隨風搖擺，以沒有抑揚頓挫的語調報上名號：

「我是『No Name』出身的春日部耀……如果你輸給我，希望你們能夠不要對巢穴出手，老實回去。」

「——……」

獸人男性眯起目光銳利的雙眼——把短刀丟向水邊，仰望滿月。

「有件事要先道歉。我沒料到居然會受到來自正面的挑戰，而是一直認定會有卑鄙人物從旁出手妨礙。」

「…………」

「我是『五爪』的副首領，沃爾德．佛卡斯——這場決鬥我接受了，小姑娘！」

沃爾德．佛卡斯大吼之後，外表發生激烈的變化。他仰望滿月，從眼睛吸收從天上灑下來的滴滴光芒。

皮膚被灰色毛皮覆蓋，指尖逐漸長出連岩石也能斬裂，宛如刀刃的利爪。

以雙眼掌握到這種戲劇性變化的春日部耀像是在確認般地喃喃說道：

「狼人……真讓人驚訝，原來不是普通的獸人。」

「沒錯！歷經七代系譜所獲得的靈格，即使和妖仙相比也不遜色——！」

連頸部以上也變化成狼的沃爾德從前傾姿勢起跑，一直線奔向耀。

耀也刻意沒有逃往空中，而是正面迎擊對方的突擊。

在雙雄激出火花的同時——想以投擲攻擊巢穴的小隊也發出了慘叫。

＊

另一支隊伍前往能眺望湖畔的高台，卻因為遭遇到突然的襲擊而陷入大混亂。

這也是理所當然的反應吧。

因為在目的地的高台上，有個連燦爛月光都能遮擋的巨大影子——擁有鮮紅裝甲的獨臂鋼鐵巨兵發出怒吼等著他們。

「——DEEEEeeeEEEEN！」

「嗚哇啊啊啊啊啊啊啊啊啊啊啊啊！」

第二批參加者的投擲小隊不明白發生了什麼事，只能接連發出慘叫往後退。

然而這也難怪，因為全長恐怕有三十尺的鋼鐵巨兵毫無前兆地突然出現。要他們別驚訝才是不講理的要求。

優雅坐在鋼鐵巨兵肩膀上的黑髮少女——久遠飛鳥俯視著眾人驚慌四散的光景，不滿地低聲抱怨：

「明明什麼都還沒做就逃走了……這樣根本完全不有趣。」

她以手撫頰嘆了口氣，然而這聲嘆息卻被突然響起的地鳴聲掩蓋。

「區區鐵人偶可別得意忘形！」

飛鳥猛然抬起頭，她眼前出現一顆被丟過來的巨大岩石。

舉起右手擋在眼前後，飛鳥對迪恩下令。
「迪恩，接下這次攻擊！」
「ＤＥＥＥｅｅｅＥＥＥＮ！」
迪恩發出怒吼聲，用右手把岩石擊碎。飛鳥一瞬間冒了點冷汗，但看到丟出岩石的對手後，立刻掌握了狀況。
飛鳥捨棄大意的心態，注視著聳立於眼前的敵人。
「巨人族……！到底是從哪裡來的……！」
「哈哈！不是只有幻獸和獸人會使用人化之術！像我們這種度量宏大的男性如果想住在人類的城鎮裡，當然要具備這點程度的技藝！」
咚！巨人族的德魯克．波爾佛伊拍打胸膛。他的巨大身軀和迪恩相比也不顯遜色，宛如大樹般粗壯的上臂肯定具備符合外表的怪力。
巨人族男性從恩賜卡中取出巨大斧頭，高聲報上名號：
「我是『四足』的副首領，德魯克．波爾佛伊。雖然不知道你們是打著什麼主意才大搖大擺地站在高台上……不過要是你們不讓開，會讓我們很困擾。」
「哎呀，既然是那樣就沒有問題，因為我們正是想讓你們困擾才站在這裡。」
嘻嘻……飛鳥笑著把後面的頭髮往上撥。
德魯克先瞪大眼睛，才發出笑聲。

「原來如此啊，是為了讓我們困擾才站在那裡嗎？是啦，對小姑娘妳來說或許沒有問題……但對我們來說可不是那麼一回事。」

德魯克的眼中出現戰士的光芒，飛鳥也從正面接下他的眼神並微微一笑。

「無所謂，既然彼此的目的不同，那麼互相競爭互相爭奪正符合世上之常理。」

飛鳥舉起右手，反過來對德魯克報上自己的名號：

「我是『No Name』出身的久遠飛鳥，還有同志迪恩。面對試圖奪取這高台的所有人，我等都會成為巨大的阻礙。如果已經做好心理準備，就放馬過來吧！」

「哼！很好！」

德魯克把斧頭高舉過肩，往前衝刺並造成地鳴聲。迪恩揮動右邊的鋼鐵手臂，把他連人帶斧打飛出去。

擁有傲人高大身軀和超級重量的雙方彼此衝突，震撼大地，讓其他參加者們紛紛嚇得發抖。

高台出現巨大的龜裂，甚至有人落入裂縫之中。

獨臂的鋼鐵巨人和巨人族的戰士。每當雙方堅硬身軀互相碰撞，湖畔的水面都會隨之晃動，攪亂月影。

然而參加者們的注意力只有被這場戰鬥奪走短短幾分鐘。

他們很快就會徹底領悟……先行部隊到底是害怕什麼人才會逃回酒館。

＊

——稍微離題。

所謂的斯廷法利斯，是希臘神話中特別有名的軼事中記載的怪鳥。

在希臘的大英雄——海克力斯曾經歷過的「十誡考驗」中，第六項的怪物就是擁有青銅羽毛的斯廷法利斯。

面對擁有猛毒氣息和青銅羽毛的這種怪鳥，海克力斯也感到相當棘手，最後是利用奇策才成功打倒對方。

至於奇策的內容，則是「敲響巨大的銅鑼讓怪鳥群各自分散，再用毒箭討伐」。

換句話說就是「以毒攻毒」，這也是攻略斯廷法利斯的第三種方法。

把銅鑼和塗上毒的弓箭帶到此地的人們，是擅長運輸的有翼種族共同體「二翼」的成員。

由於最近首領才剛出走，他們過著即使在同盟共同體之間似乎也低人一等的日子。

因此講到灌注在這場會賜予巨大恩惠的恩賜遊戲上的意念，其他共同體根本無法與他們相比。

為了恢復原本的權利，為了招攬能成為新首領的人才，他們抱著願意粉身碎骨的心理準備

來挑戰這場恩賜遊戲。

——起碼。

直到逆迴十六夜阻擋在他們面前的那瞬間為止。

「咿……！」

轟！宛如轟炸的衝擊多次響遍底波拉峽谷。

那一擊比獅鷲獸的風還要迅速，比巨人族的拳更為沉重。

舉著毒箭往前疾馳的「二翼」同志們慌慌張張地四處逃竄，並瞪著造成爆炸的當事者。

「什……什麼人！如果是要來挑起戰鬥，應該要高舉旗幟並報上共同體名號才合乎常規！快點現身並好好解釋！」

一名翼人種男性對著敵人怒吼，於是爆炸停止了。

在因為爆炸而升起的水霧中，出現一個隨著月光搖晃的人影。

「…………哈！這真讓人驚訝，沒想到第二輪是『二翼』的成員。看來彼此似乎有著奇妙的緣分。」

那是一個發出呀哈哈笑聲，並在水邊中心雙手抱胸大搖大擺站著的少年。

外表年齡無論怎麼看，都是個十七歲左右的少年。

然而根據周圍散亂一地的鋼鐵殘骸，還有在他一擊之後倒下的多數參加者，十分足以讓人感覺到少年的異常性質。

雖然「二翼」在「龍角鷲獅子」同盟中也以精銳薈萃著稱，然而他們現在卻被少年散發出的異常壓迫感所壓制。

「……這傢伙就是攻擊先行部隊的人嗎？」

「小心，不知道他藏著什麼樣的恩賜。」

「先準備好毒箭。雖然不想用在獵物之外，但凡事都有萬一。」

「二翼」的同志舉起弓箭維持備戰態勢，同時逐漸接近十六夜。

十六夜卻對他們嗤之以鼻。

「哼，看來『二翼』的成員似乎全都是些膽小鬼。」

「你說什麼！」

「把毒箭這種庸俗的東西用在狩獵上，但是真正面臨必要局面時卻心生膽怯，連出手放箭都辦不到……哼，在這方面格里菲斯倒是很優秀，如果是那傢伙應該會立刻做出決斷吧。」

十六夜發出像是在強忍笑意的聲音。維持這個態度一會兒之後，他突然收起笑容瞪向「二翼」的同志們，發表意見：

「——這是最初也是最後的忠告，立刻從這裡消失。否則，我就要把你們一個個全都當場打趴。」

「嗚——所有人，舉弓！」

「二翼」的同志們一起拉開弓弦，同時射出塗著毒的箭矢。

大量箭矢化成豪雨撒向十六夜的頭上。面對箭矢宛如海浪將一切全部掩蓋的光景，十六夜露出兇猛笑容直接往前突擊。

「哈！有什麼好囂張！」

他發出怒吼揮動拳頭。能震撼天地擊碎山河的拳威化為甚至能用肉眼辨識的大氣波動，把毒箭一一彈開。

而且不只是這樣。

十六夜的拳威連眼前舉著弓的「二翼」一行人也一起捲入，把他們全部打飛。

「怎……怎麼可能！」

被打飛出去的眾人立刻張開翅膀在空中調整姿勢。翼人種和由幻獸化身為人的他們幾乎都具備飛行能力，光是被打飛出去並不會造成致命傷。

十六夜也立刻了解到這一點，重新考慮別的作戰計畫。

「……好，玩一下久違的射靶遊戲也不錯。」

「什……什麼？」

「嗯，該怎麼說？本來應該是獵殺他人的那一方卻因為哪裡弄錯而變成被獵殺的一方，我認為這才是狩獵的精華滋味。所以我想你們也應該親身體驗一下這種經驗。」

話聲剛落，十六夜立刻把旁邊的樹木連根拔起。看到這誇張到爆表的怪力讓「二翼」成員不由得目瞪口呆，但讓他們感到不妙的預感其實還要再過一會兒才會成真。

「你……你該不會想……！」

十六夜咧嘴露出似乎想到什麼惡作劇的笑容，並把大樹扛到肩上。

「所有人一起飛出去吧——————！」

——接著他以第三宇宙速度把樹幹丟了出去。

「你……你這傢伙太離譜了————！」

察覺到威脅的男子搶先在所有人之前發出淒厲慘叫並逃走。連先前的拳威都無法與之相比的不尋常衝擊震撼著大氣。

然而這也是當然的反應。

就在張開翅膀的眾人眼前，大樹正在以第三宇宙速度逐漸逼近。

而且被丟出的大樹隨即因為衝擊和摩擦生熱而燒燬，碎片化為帶著熱度的散彈四處亂飛。

這下就連翼人種也無法閃避。

確認他們如同大蚊子般接二連三墜落的身影後，十六夜確定自己獲勝，並把視線轉往其他兩人所在的方向。

「……好啦，春日部和大小姐進行得順利嗎？」

＊

往前奔馳像是要沿著峽谷湖畔繞圈的耀和沃爾德之戰互相比拚著速度，隨心所欲地讓水面跟著晃動。

「速度挺快嘛！這等腳力是個人類還真可惜！」

「……謝謝。」

耀以沒有抑揚的語調回應。一起在水邊濺起水花並戰鬥的兩人更加提昇速度，爭奪著領先地位。

如果是平常，擁有超人般身體能力的春日部耀應該已經獲勝，然而只有今夜她的形勢處於不利。

因為狼人吸收滿月灑落的光芒並逐漸增強。

「日子不好啊！要是今天不是滿月，小姑娘妳應該也還有勝算吧！」

「嗚！」

沃爾德大吼後，從他的臀大肌到膝蓋之間的肌肉全都大幅膨脹。

他踩出的下一步將會遠比剛才更為迅速……憑直覺感知到這點的耀從胸前拿出木雕項鍊說道：

「『生命目錄』——形狀，『光翼馬』。」

下一剎那，木雕項鍊被耀眼的光芒覆蓋。從樹幹雕刻而成的材質變化為硬物，逐漸覆蓋住耀的雙腳。等光線全都集中到耀的雙腳上後……那裡出現了散發出白銀光輝的護腿。

護腿放出簡直會讓人錯看為翅膀的光之粒子，讓耀微微離地浮起，並衝向沃爾德。

也就是雖然準備好在空中奔馳的翅膀，耀依然刻意選擇以接近戰來挑戰對手。

「哈哈！居然要從正面一決勝負！這個氣勢真的讓我很中意啊，小姑娘！既然這樣，我也不會手下留情……！」

大地發出受到擠壓的聲音。沃爾德以光是踏步就讓地盤凹陷的腳力，發揮出甚至連殘影似乎都會被追過的速度逼近耀。

耀從正面注視著如子彈般直衝而來的敵人——

「看到了……！」

她以右腳彈開往下揮的凶爪，捲起璀璨旋風的光翼馬護腿接下來讓耀順勢轉了一圈，擊穿沃爾德的胸口。

「嘎……！」

肺部受到衝擊的沃爾德吐出鮮血，在水面上彈跳了好幾次並往後飛開。直到確定他沒有表現出要起身的動作後，耀才高舉起右手。

「……Victory。」

她擺出V手勢，發表勝利宣言。

＊

在高台上的決鬥形成一場激烈的互擊，甚至讓人擔心光是雙方互相碰撞的衝擊，是不是就會讓地盤粉碎。

迪恩以不像是只有獨臂的敏捷動作來撥開斧頭，而德魯克則是以無法從巨大身軀聯想到的熟練運斧動作來發動攻勢。

（嘖……有破損還具備這等腕力，這個鐵人偶到底有多大的力量！）

迪恩只靠一隻手就彈開用雙手揮動的斧頭，如果雙手完整，恐怕勝負已經在一瞬間就分出了高下。

「啊啊，可惡！你們到底是什麼人！真的是『無名』嗎！」

「哎呀，真沒禮貌。如果有心假冒，當然會假冒成更有名的共同體啊。」

「是沒錯啦！」

雙方激發出更強烈的火花，並暫時拉開距離。判斷迪恩為強敵的德魯克臉上一時染上苦澀的神色……之後他似乎下定決心，從恩賜卡中取出另外一把巨斧。

「雖然不甘心，但比腕力沒有勝算。所以接下來我要以次數優勢來進攻……怎樣？如果要撤退只能趁現在喔。」

德魯克以銳利視線給予忠告。原本比起二刀流，用雙手揮動能使出更快更強的攻擊，這是常識。更不用說面對擁有強固裝甲的迪恩，二刀流恐怕無法發揮效果。

然而這個狀況下有個優勢。即使只有一瞬也好，只要能壓制迪恩的單手，就能狙擊身為主人的飛鳥。

萬一飛鳥被德魯克的戰斧打中，根本完全無法抵抗，大概只要一擊就會被撕裂吧。這是預測到這一點後才提出的忠告。

飛鳥先仔細體認到這份含意後，才鄭重地行了一禮。

「非常感謝你的親切忠告，的確那兩把戰斧對我來說將會成為威脅。」

「那麼……」

「不過，那也僅限於現在的尺寸——行動吧，迪恩。」

飛鳥打響手指。隨後，迪恩全身都逐漸巨大化，轉眼之間已經變化成足以遮擋住滿月的巨大身軀。

全長約在九十尺以上。它膨脹成先前的三倍，低頭俯視巨人族的德魯克。

「怎……怎麼會發生這種事……？」

這是連身為巨人族的他都不得不抬頭往上直視的巨大身軀。對於德魯克來說，正可以說是青天霹靂。

因為過去總是俯視其他種族的他，現在卻被比自己巨大三倍以上的鐵巨人俯視著。

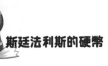

飛鳥對著位於遙遠下方的德魯克露出悠然自得的笑容。

「那麼德魯克先生，我要把你剛才的發言直接奉還——你要怎麼做呢？如果想撤退只能趁現在喔。」

她以惡作劇般的笑容試圖反將一軍。

德魯克來回看著雙手上的戰斧，接著露出苦笑——聳聳肩膀表明投降的意願。

「不好意思，我要投降。再怎麼說我都不覺得還有勝算。」

「是嗎？我認為這是個聰明的判斷。」

飛鳥嫣然一笑。接著她先從迪恩上方俯瞰另外兩處後，才從肩上降落到地面站到德魯克前方。

「你是這一群人的領導者嗎？」

「沒錯。」

「那麼請你以代表身分和我一起來吧。」

「……啥？去哪？」

德魯克詫異發問，飛鳥從容地往後方一指——

「這還用問，當然是斯廷法利斯的巢穴。」

*

——底波拉峽谷，山麓的湖畔。斯廷法利斯的巢穴最深處。

在三組戰鬥結束後又過了三十分鐘。

嘎羅羅和隨從們追上第二批參賽者，並和十六夜等人會合。

「哎呀～抱歉抱歉！這些年輕小伙子沒有參加在『Underwood』發生的戰鬥！所以似乎不認識你們。」

「我想也是。如果認識的話，彼此應該也會做出稍有不同的對應。」

十六夜不以為然地聳了聳肩。

嘎羅羅大老豪爽地大笑。

另一方面，沃爾德和德魯克則以像是吃了黃蓮的複雜表情聽著他兩人的對話。

「……真是太失禮了，我們完全不知道幾位竟然就是拯救『Underwood』的恩人。」

「我們只有大略聽說過『有個強得離譜的「無名」共同體打倒了魔王』。沒想到就是你們，這世界似乎很大卻也很小。」

德魯克嘎哈哈大笑，沃爾德則認真自我反省。和他們兩人對峙的飛鳥和耀臉上也露出了苦笑。

「算了，沒有說明情況的我們也有錯。」

「嗯，所謂爭執雙方都該受罰。」

「妳們願意這麼說真是太好了。那麼，幾位為什麼要做這種事？」

「那是……嘎羅羅先生另外提出的委託……」

「各位～！生出來了喔～！」

在耀說明前，從巢穴最深處傳來的黑兔喊聲蓋住了她的聲音。

不知道發生什麼事的沃爾德和德魯克面面相覷，但十六夜等人則催促他們往前。

「產卵場在水邊的洞穴裡，到那邊再說明情況。」

三人以肢體動作示意沃爾德和德魯克跟上。

位於湖畔的洞穴裡鋪著銅化前的羽毛，形成了一個能保持暖度的空間。翅膀前端長有青銅羽毛的美麗怪鳥正待在各自的巢裡孵蛋。

耀往前一步指著牠們。

「現在正好是產卵期。在恩賜遊戲剛開始舉辦後，就會進入這時期。」

「換句話說現在正是牠們最容易被盯上的時期。」

十六夜邊走邊補充。

一行人的目的地是在產卵場中也顯得特別巨大的怪鳥所占據的巢穴。

確認十六夜等人的身影後，怪鳥抬起頭把視線移向耀。

「妳把他們帶來了嗎？耀。」

「嗯。有『六傷』的嘎羅羅先生、『五爪』副首領的沃爾德先生、『四足』副首領的德魯克先生，還有『二翼』的成員們也已經來到外面。」

「是嗎，連『二翼』的諸位也……」

怪鳥安心般地瞇起眼睛。

無法理解狀況的沃爾德和德魯克以困惑的態度向十六夜等人發問：

「這是怎麼一回事？」

「不是什麼複雜的事情。就是啊，我們之前不是把『二翼』的頭領，格里菲斯一黨給趕走了嗎？為了讓因為這事而弱化的『二翼』得以重新振作，所以嘎羅羅爺爺要我們幫忙尋找能成為新主力的一族。」

話一講完，兩個副首領都目瞪口呆。

「什……意思是要讓斯廷法利斯一族加入『龍角鷲獅子』聯盟？」

「您是認真的嗎，嘎羅羅大老！」

「嗯，是認真的。我聽說這提議時也感到難以置信，不過這是對方首領親自提出的申請，不能置之不理。何況牠們在幻獸中也屬於高靈格的種族，應該沒什麼不滿吧？」

「不……可是，對方是希臘神群到處通知要大家討伐的怪鳥耶？」

十六夜以銳利的眼神瞪著驚慌失措的兩人。

「這想法不對。這是一場要參賽者『從斯廷法利斯身上收集大量青銅』的遊戲，既然能和平解決，自然最好不過。」

「那……那是你的解讀吧！按照常理思考，解讀為要求參賽者討伐怪鳥才……」

——叮！十六夜把一枚銅幣和一枚銀幣丟向他們。

接著還揮動青銅羽毛和銀羽毛做出補充：

「那是希臘神群之一的『Kerykeion』發行的銅幣和銀幣，上面刻有斯廷法利斯的圖案吧？」

「什……什麼？」

「這是怎麼一回事！」

兩位副首領發出感到意外的叫聲。

十六夜以肢體動作示意他們安靜，然後解釋理由：

「『Kerykeion』舉行這次遊戲的動機別無其他。那些人是為了鑄造新貨幣，所以需要貨幣的材料。」

「那……那是……可是，為什麼一定要用斯廷法利斯的羽毛？」

「我哪知道？接下來雖然只是推測，不過討伐斯廷法利斯怪鳥的故事在希臘神話群中也屬於有名的軼事之一。所以我想希臘神群是為了要誇示這份攻擊，才採用斯廷法利斯做為貨幣的圖案。」

「那麼，既然銅幣的材料是斯廷法利斯擁有的『青銅羽毛』……」

「製作銀幣時也有混入那些『青銅羽毛』。」

十六夜、飛鳥、耀紛紛提出說明。

兩位副首領仔細思量他們的發言，並簡潔地敘述結論：

「也就是說這次的遊戲，目的並不是要討伐怪鳥……？」

「只要把怪鳥羽毛帶回去就可以了？為了製作貨幣？」

「正是那麼一回事。無論使用哪種手段，只要能夠獲得青銅羽毛，『Kerykeion』應該都會滿意。」

「嗯。所以斯廷法利斯的首領主動提出了交涉，牠表示要是再這樣下去，一族或許會因為『Kerykeion』主辦的遊戲而全滅。與其那樣，不如以定期繳納青銅羽毛給共同體做為條件，希望能把牠們視為『二翼』的同志保護。」

聽完耀最後的補充，兩人終於理解般地點了點頭。

「原來如此，如果是這麼一回事，我們應該也能幫忙介紹。」

「沒錯。雖然剛剛那樣說，但我們很歡迎強大的同伴。畢竟『龍角鷲獅子』同盟接下來將會成為『階層支配者』，像你們這種強大的幻獸，想必更受歡迎。」

兩人豪爽大笑並做出承諾。

經過耀的翻譯，鳥群首領的母鳥也低下頭表示謝意。

「謝謝你們。雖然我等被視為讓人畏懼的怪鳥，但從今以後將會以秩序守護者的身分，在同一旗幟下作戰。」

「……就是這樣。這下可以算是完成委託了吧，嘎羅羅先生？」

「嗯，無可挑剔。如此一來『龍角鷲獅子』聯盟應該能迎向更繁盛的時代吧！」

嘎羅羅也發出不輸給副首領們的豪爽笑聲。

接著他雙手一拍，隨從就拿出恩賜卡，在巢穴裡排出一桶桶萊姆酒。

「喂！也把在外面等待的傢伙們叫進來！因為對於他們來說，這可是迎接新主力的預祝會！」

「了解！」

隨從們按照指示去通知外面的「二翼」成員。

十六夜、飛鳥、耀三人互相交換視線，接著咧嘴一笑——

「雖然做法不合常規……不過既然斯廷法利斯願意提供羽毛，那麼『青銅之怪鳥』這遊戲也被破解了吧？」

「是啊，必須和嘎羅羅先生提出七成報酬要歸給我們的交涉。」

「嗯，我們起碼有那程度的權利。」

啪！三人互相擊掌慶賀勝利。

完成嘎羅羅委託和「青銅之怪鳥」遊戲的三人臉上帶著調皮的笑容，前往舉行酒宴的會場。

＊

——斯廷法利斯的蛋在滿月光芒的祝福下，接二連三孵出幼鳥。

慶祝新同志加入和新生命誕生的酒宴現在還繼續傳出笑聲。

然而在會場深處，卻有一個受到剛出生雛鳥的攻擊而發出慘叫的兔耳少女——黑兔。

「不……不行！因為外面有不像樣的大人們泡在酒裡喝得酩酊大醉！所以絕對嚴禁才剛出生幾小時的大家出去外面！」

「不要～！讓我們去外面！妳這隻大奶兔！」

「不讓我們出去就要吐毒了喔！把妳臭罵一頓喔！」

「要是不讓我們出去，至少要給奶啊咕嘿嘿～」

「等……等一下！所謂要吐毒是指要毒舌嗎！還有講出不合年齡發言的小孩是哪一個！」

嗚嘎～！黑兔倒豎著兔耳大發雷霆，然而調皮搗蛋的雛鳥們沒有打算安分下來的跡象。

就算她身為「月兔」——天真爛漫又敦厚篤實，還被歌頌為犧牲象徵的一族，忍耐力也有限度。

黑兔就像是托兒所保母般忙得暈頭轉向，好不容易才讓雛鳥們一一入睡。

等全部雛鳥都進入夢鄉恢復安靜後，黑兔也精疲力竭地垂著兔耳。

「總……總算都睡著了，這樣看來十六夜先生他們還算是比較懂事……」

「哦？這話可不能當成耳邊風。」

哇啊！黑兔嚇得連兔耳也彈了起來。回頭一看，只見散發出搗蛋鬼氣勢的三人正帶著過度耀眼的笑容凝視黑兔。
更正，該說是瞪著。
「是嗎，原來我們的惡作劇跟剛出生幾小時的小朋友們沒兩樣啊？」
「……那麼以後必須更提昇惡作劇的水準。」
「沒有必要！根本完全沒有那種必要！」
黑兔舉起紙扇啪啪啪敲打三人。說不定兔耳因為胃痛而禿毛的日子已經不遠。
戲弄完黑兔感到滿足的三人看看彼此，在現場排起從酒宴上拿來的餐點。
「好啦，這是慰問品。」
「明天就要回去了，妳也先吃點什麼東西吧。」
「不過如果妳不吃，可以由我……」
「春日部同學請自制。」
飛鳥開口吐嘈了一句。
黑兔態度完全轉變，睜著發亮雙眼立刻衝向食物。
（各位果然比雛鳥們溫柔得多。）
她喝著冒出熱氣的湯，以難掩喜悅的表情搖著兔耳。
十六夜在黑兔的身旁坐下，咬著肉乾並抬頭仰望天空。
他一邊看著綻放出燦爛光輝的滿月，同時以像是想到什麼的態度喃喃說道：

「……我們的名號也漸漸打響了，或許差不多可以把心力投注在大規模宣傳上。」

「嘻嘻，是呀。我想目前是正式以共同體身分展開活動也沒問題的時期。」

「嗯，那樣一來……必定可以成為取回被奪走的共同體『旗幟』和『名號』的線索。」

三人看著彼此，重重點頭。黑兔則是以泛淚的雙眼凝視著這些可靠的同志。

（打倒仇敵魔王，奪回我等的榮耀……只要有各位在，必定能夠達成。）

黑兔把手放到胸前，用雙手擁抱同伴的溫暖。

就像是受到這份溫暖鼓勵，黑兔很有氣勢地站了起來。

「那麼，為了慶祝各位破解遊戲！雖然不自量力，不過就由人家帶頭喊出乾杯吧！」

「「「咦～」」」

「好，那麼……咦！不行嗎！」

氣勢受挫的黑兔垂下兔耳。

然而三人立刻看了看彼此，咧嘴一笑。

「算了，這次妳真的沒派上什麼用場，就把這點任務交給妳吧。」

「是呀，這點小事就讓妳來負責吧。」

「Let's go 黑兔。」

三人各自舉起杯子等待宣布乾杯的號令。黑兔立刻伸直兔耳，高舉起酒杯和其他人相碰發出響聲。

「那麼！祝福我等『No Name』能夠更加繁榮成功——」

「「「乾杯！」」」

「乾杯……等一下！結果大家果然還是不給人家說嘛啊啊啊啊啊！」

快要哭出來的黑兔慢了一拍才和問題兒童三人組舉杯相碰。

在散發出燦爛光芒的滿月下。

即使夜已深，祈願明天能有光輝未來的人們依然繼續著酒宴。

教教我！
白夜叉老師！
～後台外傳～
哼哈哈哈！以為我已經從正面舞台離去的讀者們！很遺憾！白夜魔王乃是永久不滅！因為沒有戲分實在寂寞所以我占領了後台專欄！
ＹＥＳ！解說複雜又誇大的箱庭世界觀的「教教我！白夜叉老師！」專欄要開始了！…………不過，您不回去天界真的沒有關係嗎？
哎呀～妳應該也懂吧。雖然回去是回去了，但實在無事可做。所以我去找釋〇那傢伙商量，對方建議我「去從事引導外界人類的工作如何呢？」所以就把這個專欄交給我了。在這裡會說明至今為止有在箱庭裡提到的世界，還會稍微更詳細介紹那些因為劇情需要而被簡略化的內幕消息。
…………請等一下，剛剛那些話的意思是，占領這個專欄的是……
哎呀！這個話題到此為止。那麼就開始吧！

Q. 恩賜遊戲和「恩惠（Gift）」

所謂的恩賜遊戲，是只有被授予超越人智的力量，也就是被授予「恩惠」的對象才能參加的神魔之遊戲。在箱庭中恩賜遊戲被視為和買賣同價值的產業，也是箱庭的代表性文化體系——以上只是表面上的講法。

想必已經有人察覺到，這完全是謊言，只是一種權宜之計。

其實恩賜遊戲的原型，是把歷史考察和外界事象等具體形式化後進行對抗的考驗以及代理戰爭。根據代理戰爭的結果，有時候也會讓外界的歷史產生變化。

如同嘎羅羅．干達克曾在第五集中提到的理論，恩惠原本是配合時代的聚合點「歷史轉換期」顯現出來的力量。

換句話說，恩惠是諸神為了讓人類歷史能往正確方向前進而賦予的平衡系統。被招致到箱庭的對象中之所以包括許多英雄豪傑或著名歷史人物，就是因為在回收恩惠之際也一起直接被召喚過來的結果。畢竟要是把恩惠丟著不管，連之後的時代都會變得很複雜。

但是極為稀少的情況是，也有從不具備聚合點的時間流被召喚而來的對象。雖然這種例外大部分都呈現人型，不過其中也包括外型完全脫離演化樹的存在。根據天軍的紀錄，那些傢伙似乎自稱為克蘇魯（Cthulhu）神群。

針對這類形形色色的世界、歷史和演化樹的模式進行測試，並每次都進行回收後，結果導致箱庭本身也產生了文化體系。換句話說就是促成了恩賜遊戲的產業化。

Q.「模擬神格・金剛杵（Vajra Replica）」

這是宿有帝釋天的恩惠，黑兔經常使用的金剛杵。金剛杵被視為佛教神明的代表性武器之一，這把金剛杵更是一把因為軍神・帝釋天賜予的恩惠而能夠招來天雷的裝備。操作感良好輸出威力也高，是無論在攻擊防守速度各方面都非常優秀的恩賜。

順便說一下，「神格」這種恩惠是指「被神靈認可為神並給予的地位」，能夠讓對象的力量提昇到種族或裝備的最高程度。這就是神靈和神格的決定性差異。

Q.「模擬神格・梵釋槍」（Brahmaastra Replica）

這是由護法神十二天之首的帝釋天和護法神十二天的顧問，印度神話群最高神「梵天」所打造的一擊必勝的神槍，基礎是梵天自己擁有的神槍。

而原型的這把神槍和凱爾特神群的必中必勝之槍相同，是只要使用就能獲得勝利打倒敵人的武器。

所以具備的恩惠並非「殺死」而是「獲勝」，才是這把槍的恐怖之處。舉例來說，就算對手持有任何人都無法破壞的盾，這把槍也有可能竄改世界本身，並激發出凌駕於敵對者之上的恩惠。這是擁有宇宙真理（Brahman）之語源的最高神才有可能施展的恩惠，然而到了這種程度，已經跨入「權能」的領域了。（註：Brahman是「梵」，在古印度被視為宇宙萬物賴以構成之根本。）

至於黑兔那把複製神槍並不具被如此誇張的作弊性能，而是為了打倒被槍貫穿的對手，能夠無限供給、釋放必要能源量的恩惠……唔，說起來這也算是一種作弊能力吧。

Q.「月界神殿」（Chandra Mahal）

這是指佛教故事中的「月兔」被帶往的月之大神殿。在被分割成十五份的月之主權中，擁有一個以上的「月兔」就能夠召喚的舞台型恩惠。

雖然結界內的環境和地上相同，但召喚者能夠決定結界要ＯＮ還是ＯＦＦ。

由於是強制轉移，所以如果敵方是人類，黑兔光憑這個恩惠就能夠完封對手。月之主權可不是徒負虛名。

Q.「真相不明」（Code Unknown）

逆迴十六夜擁有的作弊恩賜，超強。以上。

……光說這些果然不行嗎？老實說，關於這恩賜連我也摸不清底細。

唯一能說的只有這恩賜和「原典候補者」並非同一形式或體系。

不過反而該說正因為相異，所以才是「候補者」。因為如果是同樣的事物，並沒有必要募集候補者。

更何況講到我原本認識的「原典候補者」，全都是地球的半星靈。這下你們能理解身為人類的小子所擁有的這恩賜到底有多莫名其妙了吧。

Q.「威光」

久遠飛鳥擁有的作弊恩賜其之二。

和其他兩人不同，關於久遠飛鳥的恩賜可以說是幾乎已經得出解答。賦予模擬神格……這明顯是給予方的力量——也是幾近「權能」的力量。

而所謂的「權能」，是指只有神才有資格隨心使用的權利。賜予恩惠的力量幾乎全都是源自於這個權能。

而飛鳥的權能「恩惠最大化」應該能讓火焰提昇至核熱，閃電變化成天雷，凍結降溫到絕對零度吧。如果僅限於局部範圍，說不定連改變現象都有可能辦到。能在一切萬物上賦予神格的這個權能和八百萬諸神的概念有相近之處，既然如此，其根源說不定有什麼和日本神話群共通的部分。

——那麼為何，久遠飛鳥或獲得這樣的力量呢？來稍微考察一下吧。

大家還記得阿爾瑪特亞在第八集中提出的疑問點嗎？

那恐怕是因為久遠飛鳥已經基於某種形式而和原本持有的神性分離了吧？如果這樣假設，第二集中VS「Grimm Grimoire Hameln」戰時飛鳥夢見的「IF」夢境就顯得很可疑。

——久遠飛鳥原本應該要有姊妹。

——和往生的姊妹一起四處奔跑的自己。

——飛鳥靜靜凝視著，一邊喊著「Trick or Treat！」並對著彼此露出天真笑容的自己。

這場夢境正是解開久遠飛鳥身上謎題的關鍵吧，想必解答被揭開之日也會在不久之後到來。

Q.「生命目錄」

春日部耀擁有的作弊恩賜其之三。初次見到時我完全不明白那到底是何種恩賜，但隨著劇情發展，已經弄清了幾點特徵。

一：能夠取得接觸過的獸類（不分幻獸、神獸）的恩惠。

二：能夠把接觸過的獸類恩惠做為素材，讓完全不同的幻獸、神獸恩惠以裝備形式顯現。

三：合成後顯現出的裝備能力上限值還是未知數。

四：顯現出超過上限的恩惠後，會導致所有的恩惠消滅？

……嗯，即使像這樣列舉出來，要從能力本身來進行考察還是很困難。

雖然這只是推測，但春日部耀之所以可以顯現出最強種「大鵬金翅鳥」的裝備，起因大概是由於金翅鳥這個種族存在著明確的雙親神靈吧？只要是具備親子關係，也就是具有演化樹的種族，即便是最強種的神鳥，她也可以強行顯現出來。

然而代價是恩惠消滅這點讓我難以接受。畢竟恩惠原本就不是會無緣無故消滅之物，這點說不定是和「生命目錄」無關的其他不同力量所造成的情況。

或者是第四集中曾經在春日部耀的腦海裡閃過的那一連串話語，和這個恩惠的真面目可能有什麼關聯吧。

換句話說——在現階段根本什麼都不明白！

Q. 箱庭世界

雖然至今已經成為諸神的遊樂場，但箱庭原本是為了讓外界能正確發展才製造出的神造世界——換句話說就是「第三點觀測宇宙」。

十六夜在第六集中曾經說過「箱庭遍及存在於外界的時間流並彼此相連」，這是根據三名問題兒童各自從不同時間流被召喚來的事實而推測出的台詞。

不過很遺憾！如果光是這樣，只能算是半對半錯！

逆迴十六夜的考察恐怕是如下所述：

假設把小子他們三人定義成歷史的特異點αβγ，為了要讓這些特異點聚集到同一時間流，必須先有能同時觀測αβγ的其他時間流存在，否則無法成立。

因此小子才會定義箱庭世界是「遍及存在於外界時間流並彼此相連的外宇宙」。

到這邊為止雖然正確，但其實還有一個不足之處。

做為開端的源頭，神靈被暗指為建立於人類信仰和歷史之上的存在。然而如果這些神靈卻從外宇宙出手調整人類歷史，那麼就會產生「神和人究竟哪邊先誕生」的矛盾。

也就是俗話說的「先有雞還是先有蛋（Bootstrap Paradox）」問題。

而箱庭世界的真實，正是隱藏在解開這個悖論後的前方……或許是這樣吧，但這點和主線故事並沒有什麼關聯。

Q. 最強種

代表箱庭的三大種族。

天生的神靈、純血的龍種、還有星靈。

如果要排行，大致能說星靈位於三種族的頂點，而其他兩種族則是對等。這並非是戰鬥能力高低的問題，而是因為星靈必定會誕生，和人類發祥沒有關係。這情況連之前提到的未知世界也是一樣。因此如果要完全殺死星靈，除非擁有什麼祕技能夠持續破壞無限存在的世界，否則不可能達成。

但是就像魔王阿爾格爾的例子，先讓星靈墮落為神靈之後再收為隸屬，這就有可能辦到。

所以星靈也不見得一定是最高位。

Q. 魔王

在箱庭中蔓延的天災。擁有被稱為「主辦者權限」的遊戲強制召集權的人物們。

然而這個「主辦者權限」本身絕對不是邪惡的能力，也可以用於正途。因此善神等將這權利委託給神的代理人，讓他們用來做為制裁惡人的恩惠。萬一發生代理人惡用這個利權的情況，身為後盾的神群有義務立刻制裁代理人，也就是俗話說的「墮天」。

Q. 魔王阿爾格爾

擁有「美杜莎(Medusa)」、「最初的惡魔(Lilith)」等許多別稱的魔王。

口頭禪是「畢竟人家超～美嘛！」

……嗯，死好。因為這份傲慢，讓我也碰上好幾次讓人想哭的悲慘遭遇。

雖然現在被 Perseus 使喚因此靈格壓倒性地縮小，但她的真面目是甚至能和「萬聖節女王」相匹敵的箱庭三大問題兒童之一。

身為變星的阿爾格爾從古代就擁有高度的魔性，起源可以追溯到古代美索不達米亞。她在那時期是被視為大地女神崇拜，不過時代轉移後隨著天文學的發展，屬性慢慢變質，也和地球的超自然存在逐漸隔離。

後來是在被視為「最初的惡魔」並納入希伯來的舊約聖書中那時，才到達以「星靈阿爾格爾」的身分覺醒的地步。

以此為開端，她在一切時代與世界撒下惡魔和有害生物（蛇、蜘蛛、鱷魚等等），並對三千世界修羅神佛發出宣戰布告。

雖然歷經數星霜後才總算將她封印，然而身為起因的舊約聖書神群卻因為她那過度的問題兒童行徑而堅持拒絕保管封印。

一陣互踢皮球之後，最後才由希臘神群的諸神負責保管。可是，她不但對身為自己監護人的雅典娜炫耀自己的美貌和充實人生，末了還講出：

阿爾格爾：「妳這醜女。」

雅典娜：「ＯＫ，這戰書我收下了。」

就這樣，雙方進入全面戰爭。

在這場原本以為會發展成大戰爭的兩名女神之戰中，是雅典娜以意外的形式獲得勝利。阿爾格爾被納入希臘神群的世界觀（Cosmology）後，靈格已經劣化。

結果，她就在泥醉狀態下被帕修斯（Perseus）暗殺，並收為永久隸屬。而兩個女人間的戰爭也以這種很蠢的形式拉下終幕。

順帶一提，「阿爾格爾（Algol）」是酒，也就是「alcohol」的語源。這是從「酒是能讓人自甘墮落的惡魔飲料」這意義衍生出的講法。

變星Algol的星靈之所以會獲得「阿爾格爾」這名字，據說是源自於喜好飲酒的人們獻上的信仰心……不過也偶爾會傳出「一喝神酒反而會一杯就爛醉如泥」這樣的話題。（註：星靈阿爾格爾的原文是「アルゴール」，有點像是變星Algol的日文「アルゴル」和酒精的日文「アルコール」合併。）

Q.「燕尾服魔王」

他是南美國家「海地」信仰的巫毒教中的死神兼愛神，還是生命之神。而且也是能理解我個人興趣的朋友兼永遠的競爭對手！

擁有許多名字，其中最有名的是「戈德（Guede）」。

外型是漆黑的人影，身穿燕尾服頭戴圓頂硬禮帽，全身如同薄薄的平面。由於是感情豐富的神靈，因此只有表情特別容易辨認。

這也難怪，畢竟他的本體並不是影子部分，而是那傢伙穿著的燕尾服和圓頂硬禮帽。這是因為「戈德」這神靈的存在之所以能確立，並不是因為實體而是靠那些外型特徵。

例如巫毒教的信徒在進行政治活動時，都會把自己比擬成戈德自我鼓舞，有時還會穿上燕尾服和圓頂硬禮帽活動。就像這樣，戈德這個神靈並沒有明確的外型，圓頂硬禮帽和燕尾服才正是強烈表現出他靈格的象徵。

雖然神靈很多，但被稱為賢神的例子並不多。而這個賢神究竟是發生什麼事情才會淪落到被稱為「魔王」呢？起因其實是外界的奴隸解放運動……關於這部分的謎團，應該會在近期的本傳內提到吧。

Q. 人類最終考驗

這是最古老魔王們的總稱。

也可以說是魔王和恩賜遊戲這類箱庭特有文化體系的原型。

他們是在諸神以人類歷史為中心展開鬥爭的黎明期中突然出現的災厄。雖然諸神的代理戰爭是以人類歷史會繼續存續做為前提才舉行的考驗，然而相較之下人類最終考驗卻是最高等的考驗，隱藏著一旦沒有哪個人能戰勝，人類or世界就會崩潰破滅的可能性。形容成「『主辦者權限』本身直接擬人化」應該比較容易理解吧。

那些傢伙的恐怖之處，是不需要用到契約文件等概念就能夠持續舉辦遊戲。因此為了打倒他們，需要龐大的知識量和飛躍式的思考，而且還必須做好「戰勝不可能」的心理準備。

現在襲擊「No Name」的魔王阿吉・達卡哈也是其中之一。

只是以那傢伙的情況來說，其行動理念並沒有跳脫神靈的範疇。

至於這句話的含意，希望你們能在下一集裡親眼確認。

後記

承蒙您拿起這本唬人的現代風異世界奇幻作品《問題兒童都來自異世界？》，實在非常感謝。

是的，這次又是短篇。總覺得真的很愧對大家。

一方面有很多想做的事情，但相反地筆下卻沒有進度只能抱著膝蓋縮在房間角落裡。嗚啊，這就是所謂的低潮期嗎……？

以情節量來看，聯盟旗篇應該早就完結了才對啊。沒有按照預定行程進展而造成許多人的困擾，真是非常抱歉。

也差不多該把內容紮實的一冊呈現給各位了。

雖然在這邊的後記裡還不能寫出預定會是何時，不過最快的情報將在スニーカー文庫或竜ノ湖太郎本人的推特上公布，還請多多指教。

那麼當竜ノ湖還在原地踏步時，沒想到在富士見書房「エイジプレミアム」連載的外傳漫

後記

畫《問題兒童都來自異世界？乙》已經完結！

坂野幸梨老師，非常感謝您畫出如此美好的漫畫作品！

在漫畫獨創劇情中拚命玩弄黑兔的問題兒童們非常有趣，真是俐落優秀的搞笑功力！是一部讓關西人的血統特別為之沸騰的作品。

至於刊登於「コンプエース」的七桃りお老師的本傳漫畫還在繼續連載，這邊也請各位多多支持。

能確實遵守截稿日寫出作品的人士真的非常了不起。

而且還可以在空閒時間前往海外旅行呢。嗯，雖然我不會明講是誰但前往聖米歇爾山（Le Mont-Saint-Michel）旅行的事情實在讓人非常羨慕，甚至到了擔心自己臼齒會因為咬牙切齒得太用力而磨損的地步！可惡！街道會因為海水的漲潮退潮而沉入水中的城堡會讓奇幻腦大受煽動啊！我也很想去水都威尼斯看看！

是，我會先確實遵守截稿日之後再抬頭挺胸地前往。

本篇即將進入重大的難關。

請大家期待箱庭的世界，和問題兒童與黑兔等人的活躍表現。

竜ノ湖太郎

Kadokawa Light Novels

約會大作戰 DATE A LIVE 安可短篇集

Kadokawa Fantastic Novels

作者：橘公司　插畫：つなこ

約會忙翻天！士道馬不停蹄！
《約會》第一本短篇集登場！

五河士道為了提升好感度，在遊樂場、夏日廟會、生日宴會與福利社麵包爭奪戰時和精靈們約會!?「……應……應該是學校泳裝加上狗耳和尾巴吧。」為了讓折紙討厭自己的約會!?「士道是只屬於我一個人的東西。」還要和最邪惡精靈狂三結婚!?

NT$200/HK$60

台灣角川

Kadokawa Light Novels

碧陽學園新學生會議事錄（上、下）

新學生會的一存（完）

Kadokawa Fantastic Novels

作者：葵せきな　插畫：狗神煌

第三十三屆碧陽學園學生會雖然成立，
不過杉崎鍵的苦難現在才要開始！

第三十二屆碧陽學園學生會雖然解散，不過升上三年級的杉崎鍵依然很期待。然而在新學生會開始活動的第一天，學生會辦公室裡竟然只來了他一個？除了他的其他成員雖是美少女，然而這些人也未免太有個性了吧!?

各 **NT$220~240/HK$60~65**

台灣角川

國家圖書館出版品預行編目資料

問題兒童都來自異世界?. 9, YES!這是箱庭的日常! / 竜ノ湖太郎作 ; 羅尉揚譯. -- 初版. -- 臺北市 : 臺灣角川, 2014.07

面 ; 公分

譯自 :問題児たちが異世界から来るそうですよ?: YES!箱庭の日常ですっ!

ISBN 978-986-366-034-7(平裝)

861.57 103010672

Kadokawa Fantastic Novels

問題兒童都來自異世界？ 9

YES！這是箱庭的日常！

（原著名：問題児たちが異世界から来るそうですよ？YES！箱庭の日常ですっ！）

2014年7月25日 初版第1刷發行
2021年3月26日 初版第6刷發行

作　　者：竜ノ湖太郎
插　　畫：天之有
譯　　者：羅尉揚

發 行 人：岩崎剛人
總 編 輯：蔡佩芬
主　　編：朱哲成
設計指導：陳晞叡
印　　務：李明修（主任）、張加恩（主任）、張凱棋

發 行 所：台灣角川股份有限公司
地　　址：105台北市光復北路11巷44號5樓
電　　話：（02）2747-2433
傳　　真：（02）2747-2558
網　　址：http://www.kadokawa.com.tw
劃撥帳戶：台灣角川股份有限公司
劃撥帳號：19487412
法律顧問：有澤法律事務所
製　　版：尚騰印刷事業有限公司
ＩＳＢＮ：978-986-366-034-7